INK INK INK INK INK INK
INK INK INK INK INK INK INK
INK INK INK INK INK INK
INK INK INK INK INK INK INK
INK INK INK INK INK INK
INK INK INK INK INK INK INK
INK INK INK INK INK INK
INK INK INK INK INK INK INK
INK INK INK INK INK INK
INK INK INK INK INK INK INK
INK INK INK INK INK INK
INK INK INK INK INK INK INK
INK INK INK INK INK INK
INK INK INK INK INK INK INK
INK INK INK INK INK INK
INK INK INK INK INK INK INK
INK INK INK INK INK INK
INK INK INK INK INK INK INK
INK INK INK INK INK INK
INK INK INK INK INK INK INK
INK INK INK INK INK INK
INK INK INK INK INK INK INK
INK INK INK INK INK INK
INK INK INK INK INK INK INK
INK INK INK INK INK INK
INK INK INK INK INK INK INK
INK INK INK INK INK INK

INK

文學叢書

087

母系銀河

周芬伶◎著

父系是天，母系是地；父系是恩，母系是愛；父系是歷史，母系是神話；父系是太陽，母系是夜空……我們同時擁有兩者，卻常看不見銀河，如今，我遺失另一半，還有另一半，它令人壯大，更令人空惘……

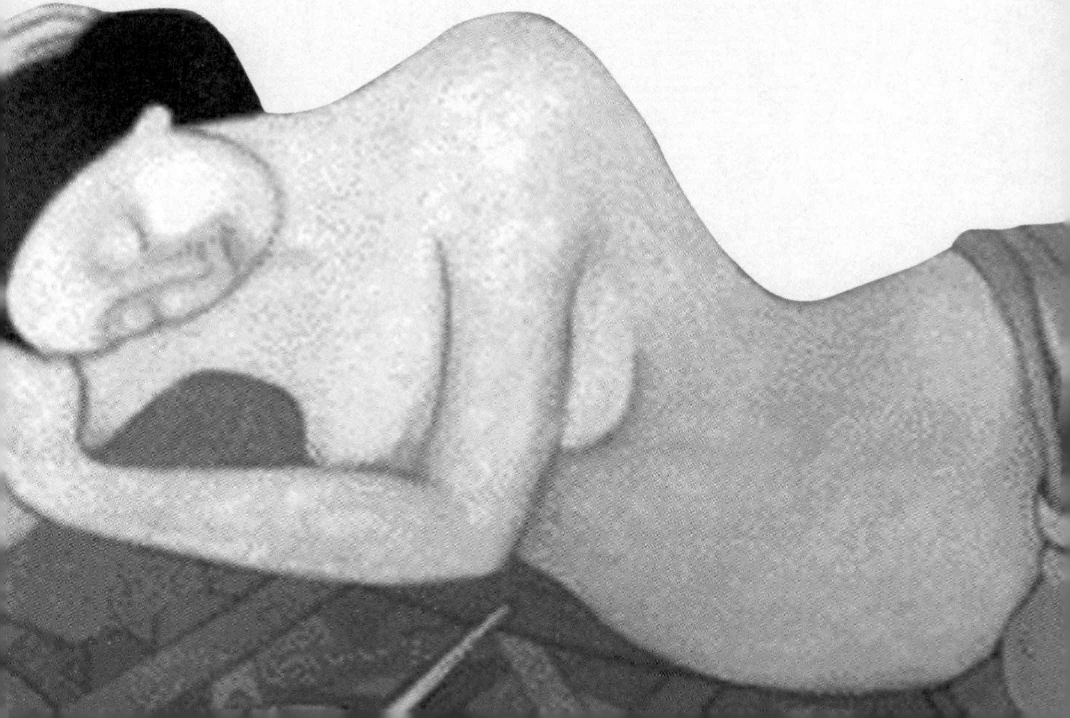

目次

二、搜尋

三、FOR YEAR

〈序〉童女之戰

賴香吟

二〇〇一年春天，在芬伶那擺設著古董瓷器的廚房裡，我們一邊用餐一邊談到了她的家族故事，非常之豐富，悲喜交織，遂彼此鬧哄著聯手來寫一本由日治時期延續下來的南方家族史。那是我們認識幾年以來比較歡樂的一次對話，可惜這之後人事凶險多逆，一波又一波的打擊，攪亂了芬伶，日後我讀到的與其是家族故事，毋寧是一篇又一篇宛如懺情錄的文筆，驚心動魄。

我是由S識得芬伶的。第一次碰面，她剛從西班牙回來，人曬得有些黑，最近看她文章，才知道那是她拚命旅遊的階段，兩年內走過十幾個國家，或覺醒，或逃亡，但彼時我只以爲是作家的率性。後來漸漸知道芬伶周遭的情事，婚變殘酷，人與人的關係萬丈深淵般糾纏難測，無情亦無信。或許出於一種女性的感同身受，我儘管年輕也明白了一些什麼，看芬伶奮力擠出那淒涼的微笑，總覺得這女子不過是代我們許許多多的人受了誠實與熱情的刑罰，然世間的虛僞之石總不停止丟擲。

回想起來，前世紀的最後時光，我是渾然不覺站進了一個位置，旁觀芬伶以及S的人生情節，那其中混雜著美醜、眞假、令人無言的生活實相，向我揭示，使我預感，青春之後還有青春，殘酷之後還有殘酷，人生實在一重又一重。如果說，那段時光，是芬伶與S攀過一座生命山谷的階段，那麼，我與她們共處的時光，便彷彿一場山巔的午宴，她們既憂且歌，以一種城市的奢美樣態，向我展現成年女性的自由與浮躁，她們對世俗看似沒有太大的成見、太遠的距離，但時時又有絕對不肯與之妥協之處，她們的寂寞痛苦，聽起來並不多麼離奇，但某些幽微心事或嘲諷之言又使我動容警惕，人生，到底是怎麼回事？肉身心靈的黑暗、恐懼與孤獨，竟是不可能歇止、不可能有所安頓的嗎？

新世紀，午宴狼狽收場，天色倏暗，坡勢急轉直下。我與芬伶皆斷了台北繁華緣分。重讀芬伶的《憤怒的白鴿》、《豔異》、《妹妹向左轉》，這些作品的文筆異格，個性的堅苛與天眞，使我感到驚奇。可生活裡我們不過電話噓寒問暖，偶爾碰面喝咖啡，逛東海別墅，百貨公司，甚至一起去家電賣場，純屬家常。唯少數時候忽然說出一些心底話，大抵是上世紀傷害的殘留，骨肉分離之痛。我以爲那是一個風暴過後、療傷的階段，衷心希望芬伶能自毀壞中重生，兩人並振作精神燃起一同寫些什麼、做些什麼的念頭。孰料一個車禍將芬伶辛苦重建的微薄城牆撞得無常煙滅，此後好長一段時間，電話裡她的聲音聽起來非常之虛弱低沉，好像一個人站在黑暗的房間裡，我只能遠遠靜靜地站著，不要驚動她。

芬伶住處，有過一個細長方桌臨窗擺著，那時候，她說，沒課的早晨，常坐在那裡寫稿，那兒是她的修行之處。之後，我讀到《汝色》與《世界是薔薇的》，黑暗中的芬伶自我燃燒出光。延續著上世紀末那個最後光華時代的反省與反叛，芬伶更往內裡鑿深，既回溯生命之河，又以猛烈之火焚煉自我，其文字讀起來雖然還是明白流暢，甚至有舊時代的婉約，但其中一些剖白與決絕，覺悟與捨棄，忽然燒痛了我們的眼睛。

以《絕美》成名的芬伶，絕字未變，但，美的領受與重建已大大不同了。

又一年，她寄來一系列以影子爲題的作品，散文基底，小說外形，無設限無邊際地寫女性的生命情境，一層又一層探究女性情慾。我既爲她鼓掌叫好，又忍不住爲她擔心。她自己說得輕鬆：「我大概無藥可救，一提起筆如入無人之境」。我看芬伶，則是一旦進入寫作狀態，天眞而強悍，想像齊飛，宛若通靈，藝術的無畏／謂性，她是天賦般地把握住了，可也是這些無畏／謂，才使得她傷痕累累吧。關於影子系列如何發表與出書，我們討論了很久，但掛斷電話，我預感這些敘述都是沒用的，芬伶有其直覺，不可阻擋，她激情而沉柔，唯自我寫作可救贖。後來書很快出了，書前自序，坦誠深刻簡直使人心痛。

從《影子情人》與《浪子駭女》，芬伶似乎已經又跨越一道山嶺，某些疑惑已經解開。她說，背德的背後是眞誠。她拋棄了文字上的規範，就像她放棄做一個淑德的女子。她有過愛情幻想，而今幻想已經粉碎，她作過文學夢，而今文學夢已毀。文學之於芬伶，重新回到率眞、誠實，因而也就非常簡單，希望愛與生命亦若是。

孰料還有新的試煉要來。

芬伶在電話裡告訴我S的病況。好不容易人間惡離之痛稍得平息，疾病與死亡竟接踵而至。那幾年，身邊親人、摯友接二連三被病魔侵襲，頻繁進出醫院，哀鴻遍野，幾乎使我懷疑這莫非是一場瘟疫。可我怎麼也沒料到風華好強的S亦來加入。隔了多年再見她，過去何等愛美的人，戴著帽子不安遮掩因化療而禿淨的頭。一夕之間，繁華落盡。生命如此無常，連我都難承受，何況年紀相近的芬伶。

人間散場，這眞是死亡的荒年，《母系銀河》裡一系列以S爲告白對象的散文，浪漫而又沉痛地透露了芬伶——這個我漸漸體會其天眞孤絕，有著稚子童女般夢幻的人啊——忽然面對到人生的病朽色衰，所不得不湧生的孤獨與惶然。她這幾年這樣努力打敗了所有世俗的暴戾，卻還有更不可捉摸的敵人要來。小天使 Year 長大成人，青春摯友S灰飛湮滅，她寫得這樣急，許多模糊而濃烈的情感，洞徹心扉的領悟，被她當下立判、即時抵達地被描述出來，準確、鮮快。我們跟著她往上攀高，旋又急速墜落，傷感又驚奇，這是她的自動寫作，語言魔法，也是她的書寫治療。

《母系銀河》另一面向關於家族史的拼寫，使我回想起我們的書寫之約。家族記憶始終是芬伶創作的土壤，熟悉她的讀者，可以在不同的書裡看到某些人物重複出現，大致勾勒出她的家族圖，但是，自《汝色》以來，芬伶明顯尋得一種比散文更自由的形式與語言。不僅只是平面地寫家族人物，而更鑿深結合了追憶、虛構，以及自身對時間與生命之感悟。她跳躍、不受拘束的想像力，不按牌理出牌隨意拉出一條線索，往外編織其他更多的故事，不在乎自我與他人距離，亦無散文與小說界線可言。在這些由諸多瑣細材料所構成的家族書寫裡，芬伶致力的似乎不是一個輝煌的家族結構，也不是頽敗荒廢的始末，而是其中有關女性自我的追尋與凝視。

近年幾位中年女性書寫朋友，在與我談到年華、疾病、死亡之時，不約而同寫出了關於家族的文章。這固然可歸類爲戰後作家，這一批得以擁有穩定文字與心靈餘裕的寫作人，初次面對了家族父母的逝滅——同時也是二十世紀戰爭流離，語言族群大亂，飽受時代捉弄之整代人歷史的結束——所必然要湧生的傷逝書寫，不過，她們所呈現的文體與故事，往往未必合於常識，甚至故意寫得違於常識，這使得沉重的家族書寫，有了不可預料的發展，使得大歷史得以閃爍那麼一絲流光與暗影，映照出一些女性的姿容。

以我世代所見，在愛情、婚姻、廚房之外，許許多多的女性創作者，花費生命多數精力，克服了剛強智性，克服了性別差異，克服了倫常與欲望，緊接著，仍然還有色壞形空的生涯要來。踽踽獨行。寫作，寫什麼。這些可能被稱爲陰性史觀的書寫，以芬伶的命名爲例，企圖照亮的是一條來自母系的銀河，以及由之形成的女性的小宇宙。我們從哪裡來，往哪裡去，現下我們又被拋棄在哪裡。這些貌似哀愁實則激情的摸索與探照，是女性隻身尋找自我所在的努力，其中不免隱藏對未來身世的惶然，然而亦是一種幻滅之後的重建。

芬伶如此勇敢，如此慷慨，不斷説著自己的故事，家族的故事，即使悲哀也説得好聽，流淚織出美麗的布。作爲讀者，我當然期待讀到芬伶一次又一次冒險犯難，爲女性人生不斷開疆闢土的文字，然作爲朋友，我又希冀她的生活可以稍事平安，不忍她那終也不老的童女本質在世俗爭戰中一再負傷。在我所知的女性書寫朋友之間，芬伶最是走在一種眞實而不可預料的方向上，不以主義，而以肉身迎向世俗，衝撞既有體系。芬伶近年爲文每每使人驚心動魄，正是因爲她何等誠實無所畏地將肉身之痛寫出來。那是一種尖銳的聲音。也是一個孤獨的聲音。

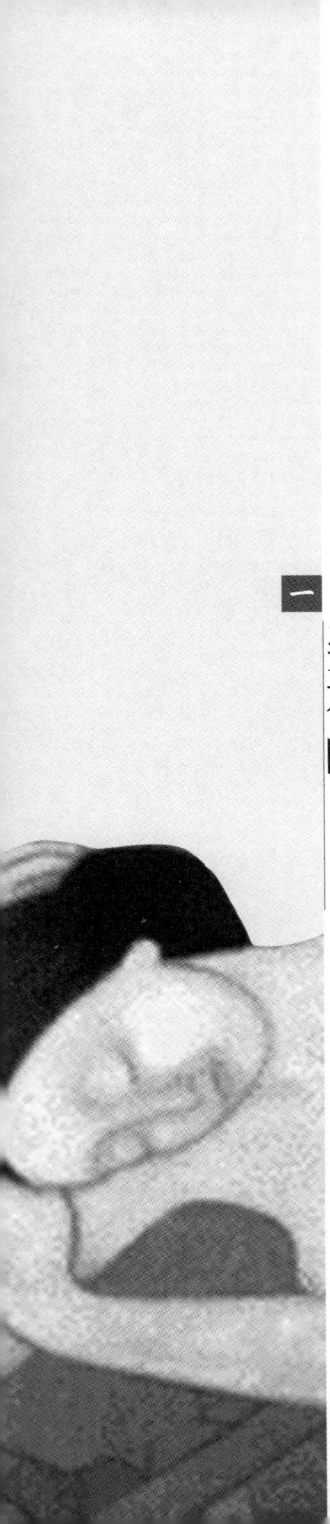

一 美神哪

這世界

S，送你最愛的秋天，我將它用玻璃瓶密密封起，讓你可隨身攜帶，永無腐朽，永不換季。

今年秋天來得特別早，長長的雨天之後就起風了，蜻蜓滿山滿谷地亂飛，發狂的風沙從門縫中鑽進，研究室剛鋪好的木頭地板上老是蒙上一層厚灰，每天我擦拭地板，地面光亮如鏡，照見朦朧的人影，我彷彿看見你正優閒地坐在某處喝著你最愛的花草茶，那應該是巴黎或永康街的「普羅旺斯」，我內心有一塊禁區正悄悄崩裂——你已死去，這事實如何難面對。還不過多久以前，我們不還年輕，愛美愛玩，不知何時年歲逼人，我們已成兩個世界。

這世界，有點瘋狂，長窗外面是大肚山的頂坡，緩緩的圓坡，露出紅土地，草木狂舞，像是梵谷的畫，書架上擺一顆紅柿，讀到和歌：「吃柿子，法隆寺的鐘聲響起。」看了一看柿子，會心一笑。那天你的兒子推門而入，一百八的個子帥帥的，一點都不像大一新生，見到我有點緊張說：「阿姨！沒想到你是可怕的老師！」他在你的葬禮上說：「芬伶阿姨怎麼沒來？好想到東海去旁聽她的課。」沒想到他眞的考上東海，並和我一起坐在秋光裡，S，你看見了嗎？

我逃避你的葬禮，也許我應該去，親眼看見腐朽與焚燒與骨灰，對死亡厭惡透頂，那麼就可以連你一起忘記。但我逃開躲入自己的殼中，你卻成了永恆的存活。如同此刻我看見你正從草坪的那邊走來，大聲對我說：

「你好不好？好不好？」

「不好！」

「不好嗎？那出來走走吹吹風就好了！」

嗯！這是你最愛說的話，出來走走吹吹風，你眞是愛吹風的女人，也像是五月的風無處不吹。我走到陽台吹風，風吹得人站不住，回到長沙發椅上，隔著玻璃窗看被風吹得張牙舞爪的樹木，是樹發了狂或是心發了狂？難以分辨，我跟這世界似乎沒有阻隔，一切沒阻隔，一切的一切。

你走的時候是夏初，但你已在春天跟我告別，那天我正趕稿，你打電話來說：「我又要入院開刀，可能會住很久，跟你說一聲，你要保重！」我只嗯了一聲，你看我在忙，急急掛上電話，我的心有一會兒低沉，那竟是我們最後一次說話。

S，生病的這一兩年，你一直堅強而超脫，一次又一次的手術、化療、急救，你很少喊痛，每天還在菩薩面前拜懺，走前你只說：「我好累，好想睡。」我爲你的病痛，不爲你的死悲，如果一切無阻隔，死亡亦無法阻擋這世界與那世界。

所以，S，讓我們持續這無聲的對話，讓我告訴你，這個秋天有淡淡的憂傷，也有一些美麗，我要將它裝進瓶子，隨水漂流，流到你所在之處。

黑衣

S，我爲你穿一件黑衣，那件有荷葉邊的黑色襯衫，每穿必下雨，今年的雨特別多，好幾次淋個透濕，衣服濕了洗，乾了穿，不久又淋濕，已經變成名副其實的「雨衣」——雨天穿的衣服，只要是雨天，大多穿那件出門。久而久之，衣服聞之有雨天的味道。

雨天的味道，怎麼說呢？是百分之百的棉布經過久洗久曬，才漂洗出來的布香，還有洗衣精的皀香夾雜著一點點水的霉味，一絲絲傘的雨味，還有牽引而出的雨的記憶。

S，記得那天，也是穿這件黑衣，配一件素白色的棉布裙，這樣穿太素，我在脖子上搭了長短兩條項鍊，看起來有一點華麗感。帶朋友Y去看木蘭花，今年的花開得不夠好，以前是花面似人面一般大一般好，今年只比巴掌大一點還有點萎黃，朋友爲聞花臉湊得好近，這時雨似絲線一般下，花香濃得讓人窒息，有人跑來警告說這花有毒，朋友馬上跳開，他的動作像個大男孩，起碼在那一剎那應該是快樂的。他的兒子不久前意外喪生，人變得沉默憔悴，沒有人有勇氣問他，只敢寫 email 請他節哀。人到中年，有人失去健康，有人失去生命，最痛的莫過失去兒子。S，我與我的兒子生離六七年，其痛與死別無異，我能感覺朋友的慟，也知道這雨這花足以令人忘憂。友情最好的表達方式不是相擁而泣，而是一起看花開花落，花開花落皆無心，什麼話都不必說，S，多少次我們一起看花開花落，如此的情緣難再得，也許再也沒人可跟我站在一起，那就與記憶一起走走吹吹風。

你所在的那世界想必花更盛香更濃，有天女爲伴，但你任花朵紛紛散落，天女隨意來去，不再執著於表象，在七重天中越攀越高，將俗世遠遠拋離。而我豈能緊緊咬住記憶？我決心放下所有的悲傷。劫後餘生，我們眞該好好珍惜一切美好，就算是如此淡的雨，打在我那久經雨水的黑衣，太濃的花香欲奪人命，我們也要共喝一杯美酒，爲這沉重的人生舉杯。雨無聲無息地下著，我的黑衣漸濕。

彩傘

這個九月，天氣詭譎，中午的陽光還很銳利，豪雨比閃電還快，嘩嘩沒頭沒腦地下，桃園、台北紛紛傳出災情，水淹一層樓，更駭人的是土石流，活生生將一家人活埋，水火無情，雨的災難令人失去欣賞雨的心情，每遇雨就躲在家裡，跟躲颱風沒有兩樣。

S，那天到學校，是九一一水災之後，第一次到學校，難得的好天氣，穿上那件黑衣，將我新買的胸針別在胸前，到圖書館借書時明明還有陽光，出來時下起滂沱大雨，天空中還夾著霹靂千里的閃電，雨實在太大，許多人被困在屋簷下，我想退入圖書館，無奈館員已在熄燈關門。看情況是無法騎機車回去，眼看天色漸暗，我決定淋一段路走到校友會館，請櫃檯小姐幫我叫計程車。這時才想起身上無錢，還好校友會館有提款機，這樣想著走入雨中，一下子全身都濕了，腳上的高跟拖鞋遇雨打滑難行，心中不斷叫苦，這時不知那裡冒出一個女孩說：「雨太大，我的傘給你！」看她穿著雨衣正要騎上機車，我說：「怎麼把傘還你？」「拿到國貿系就可以！」說著就走了，兩個人都不知對方是誰，她就這麼放心把傘借我。這種事只有在多雨多水之地才會發生，像白蛇傳那樣的愛情神話，如果沒有雨的烘托，沒有傘的情緣，沒有水淹金山寺，也不能那樣淒美纏綿，唉！水鄉的愛情能不水淋淋，淚潸潸嗎？能不有一場不能預期的雨，一個不能預期的人，借你一把不能預期的傘，伴你度過水火無情的雨季，而我那件濕了又乾，乾了又濕的雨衣，記錄著一切有關雨的神話，是可以在晾曬時高歌一曲！

狩獵

S，寫作要怎麼教呢？老實說我也不知道。我們這班寫作班可稱爲大一國文實驗班，沒有課本，沒有計畫。他們毫無概念地選課，有的是認爲好玩、新鮮；有的只是因爲不想再讀文言文；眞正想過要練習寫作的沒有幾個。我們的第一堂課就是出去狩獵秋天，每一個人要尋找自己的祕密基地，然後彼此分享。

第一個同學帶我們到文學院的木蘭花下，那是屬於我的樹，但這不妨礙，在某個時空屬於我，在某個時空屬於他。我們圍坐在樹下，九月底的陽光還很熾熱，樹底下卻十分陰涼，不開花的木蘭樹看起來很尋常，每到四五月花開季節，花面如人面般大，一朵朵白蓮飛到樹上，滿樹光華，芳香薰人，令人想偷摘一朵回家。現在只有透過同學的描述才能捕捉一二。這裡是他常獨自沉思的地方，我補充了三毛的故事，爲這棵樹添了一點淒美的氣息。當他們聽說三毛生前每年都要來這裡看木蘭花開，一個個睜大眼睛，閃現驚喜的微笑。他們在秋天裡懷想春天，而我在樹下懷想著你，當我離去時，似乎看見你站在花下，跟三毛一起搶著偷聞花香。

第二個同學帶我們到工學院去看樹神，那棵樹在十幾年前不過是一株又矮又瘦的榕樹，因它低矮便於躲藏，於是成爲情人幽會、訂情、盟誓之處，樹因此長得奇形怪狀，樹蓋低壓，像一朵巨大的香菇，又像一個老公公彷彿也有人性，樹鬚密布，像簾幕一層層低垂，樹身是一匝匝交纏而成，我們都去拉一拉樹鬚，聽說可以帶走樹神的祝福。

S，萬物皆有神麼？那麼你的世界跟我的世界，必有通口，生與死不那麼絕對，絕對就是絕望。

我寧願想，你用另一種方式活著，譬如化爲一朵花一朵雲一棵怪樹，而我不願再爲一個人哭，只爲花爲雲爲樹而哭。

S，東海你幾乎年年來，你喜歡春天的木蘭花，夏天的鳳凰花，秋天的松林，冬天的狂風，請你一路跟隨，隨我四處玩玩，四處躲藏。

最後我們到路思義教堂草坪，每個人都脫下鞋子，赤裸著腳走進草地，有許多人說這是他們的第一次，我驚訝地問爲什麼，他們說怕髒怕蟲，父母親不准，從沒想過等等，我幾乎是天天赤著腳在草上走一二十分鐘，人皆以爲瘋，我只爲治病，人長久不足踏泥地，脫離自然越來越遠，如何不生病呢？

接著，我們赤腳走到教堂，一個個躺在微有幅度的琉璃瓦牆上看天空，那角度看星星正好，有些女孩居然還撐著陽傘，她們密密層層把自己包好，彷彿眼前的美景會傷害她們，我岔而離開，帶她們躲在樹蔭下。S，我覺得有點受傷，到底誰會傷害誰呢？

爲什麼要生氣，沒有道理沒有必要，一路懊惱，連落寞也不知，又把我的心封起，無知無覺，必須如此才能面對多刺的現實，回到研究室，發現那顆柿子，已布滿黑斑，柿子腐爛，秋天的風吹起，不知法隆寺的鐘聲響不？

那世界

聽說正午的草地充滿能量，赤足行走可去百病。從二月天還微冷時，我天天午前到學校，看書約一小時，喝一杯卡布奇諾，然後走向陽光草坪，剛開始胡亂兜圈子，走著有時跳了起來，跳自己發明的舞步，行人皆以為怪，我當作沒看見。如此好幾個月，病不見好，心情開朗許多。S，就在六月，傳來你的死訊，那幾天常抬頭看天，心中默默問你：

「痛嗎？難過嗎？」

「我很平靜，現在我可以自由行走了！」

去年四月去看你，正是 SARS 風暴期，幾乎人人戴著口罩，你剛從加護病房出來，瘦得剩一把骨頭，坐在輪椅上不能行走，理光頭的你手持佛珠，樣子有點像證嚴法師，一開口卻露出本性：

「好想自己能走一段路，坐在咖啡廳喝一杯花草茶，算了，不可能的，現在我只想吃一小片鳳梨，醫生說我要禁食，但只要一小片就好！」

我走到地下室福利社爲你買一片鳳梨，不過下幾層樓，卻在那棟雙子大樓迷失，你拚命叩我手機，告訴我幾樓幾房，我在一模一樣的另外一棟，在同一樓層同一病房卻找不到你，我也叩你：「明明是同樣的房間，同樣的方位，可是我被趕出來了，那是特等病房，護士好兇！」S，你去的世界，跟我所在的世界，是否也像是雙子大廈，一樣的樓層一樣的房間，我找不到你，你也找不到我。

你說：

「我好累了，跟著你這樣跑好累。」

「那怎麼辦呢？」

「不如你跟著我飛吧！」

我跟著你飛行至你生長的恆春草原，那裡草原像海一般起伏波浪，綠色的波浪翻攪著金色的太陽，捲起金綠色的草渦，可以想像五〇年代的恆春草原幾無遊客，那時陽光更金亮，更熾熱，黑色的山羊懶洋洋地在草渦裡打滾，偶爾發出幾聲嗚叫，似乎聽見遠方的騷動。草原的那一頭即是懸崖，面臨著巴士海峽，你往懸崖那邊跑去。我大聲喊：

「不要再走了，前面是懸崖，會掉下去的！」

「怎麼會？怎麼會？我天天在懸崖邊走，怎麼會掉下去？你不也是嗎？」

是，我們都像山羊一樣只知低頭吃眼前的草，而不知懸崖就在前方。多年來你頻頻出國遊玩，連昏迷狀態也要上飛機，你寧願睡在異國的旅館，也不願住進醫院，你把冒險當遊玩，我卻把危險當浪漫，我們都不會警告對方禁止對方，還不斷鼓勵對方，勇敢追求自由，就像懸崖上的羊，就算掉進海裡，尚不知危險。

這絕非勇敢，而是自閉。自閉的山羊，跟現實世界隔著透明的圍牆，常常，我聽不懂別人在說什麼，別人也不懂我說什麼。經過二十幾年的教書磨練，我能在人前演講，那也不過是自說自話，在社交上無比笨拙，面對高談闊論的人，我只想逃，在會議中得失憶症與失語症，我能夠了解無法跟世界溝通的痛苦。但我在學院，別人能接受你的自閉，而你在社會上遊走，難免漏洞百出，譬如你拒絕開會，逃避跟老闆溝通，你埋頭做你的，別人永遠不知道你在做什麼想什麼。

你能得到作家的喜歡，出了一些暢銷書，老闆同事卻不見得同意你，說你不過是翹班跟作家吃冰淇淋，看電影，遊玩，從未安安分分上過一天班。但你總能簽到一些暢銷書和好書，也受到一些矚目。你在懸崖邊，我卻沒有阻擋你。

就好像我也在懸崖邊，你也沒有阻擋。因爲我們都不知道此去有多險惡，所謂自由的深淵竟是萬劫不復。幾乎同時我們病倒，你得了兩種絕症，加速你的死亡。我得了怪病，其痛苦難以言說。

現實是如此違逆，且讓我們起飛，飛過恆春平原到高屏平原，這是我們成長的女校，你念雄女，我念屏女，聽說你很能跑，曾經是田徑好手，你跑起來像一陣風，腳不落地，這些只是我的想像，因爲那時我們根本不認識。你很少提你的童年，母親將你放在外祖母家中自生自長，有一個跟我一樣浪蕩的弟弟。糊糊塗塗過完青春歲月，常一個人坐在操場看夕陽，我們看的必是同樣魅麗的夕陽，我在潮州大橋，你在高雄女中，對於無宗教信仰的我們，夕陽是神聖的祭壇，我們在祭壇前祈禱，以靜默以喜悅。

我不糊塗，因不甘糊塗過得很痛苦，害怕天明，害怕晨起的嘔吐，更害怕人群，每個人對我都是威脅，生命沉重如鐘，而我敲不響，寧願逃到郊外寺廟去，只有在溪邊樹林才能找到平靜。我常騎著腳踏車在鄉村小路上時而緩行，時而疾行，在大武山下，一個鄉下的女子，生命的重量全部放置在那台老舊的腳踏車上，只有風吹與速度才能拯救她。

如果我能客觀地看待自己，能夠體會她的逸出常態也是種幸福，也許能快樂一點。像我一樣的鄉下女孩，要不埋沒在農事或家事，要不早早嫁了，而我連洗衣洗碗都不用沾手，還能到外地念書，沉溺在感受到自我存在的悲哀，而早早地在他人與自己之間築起一道牆，S，你也是如此吧！

如果我擁有足夠的認知，能夠看清在五〇年代的威權統治恐怖氣氛之中，許多人是沒有出路的，有理想的知識分子，前仆後繼地往血的路，鐵的牢走去，我會發憤讀書，找出苦難的答案。如果有人願意引領我，我也會往血的路鐵的牢走去，不白白浪費生命。

然而我們的熱血拋擲到何方呢？一年一度的大行軍，仿同軍隊會師左營，豔陽下我們穿著卡其軍訓服，在馬路兩旁分成兩列，疾速前進，日行三十公里，南台灣的毒日發出刃光，那是唯一危險的敵人，我們追日，日追我們，長長的隊伍蜿蜒如蛇，刃光蛇影，當同學有人中暑倒下時，我以爲下一個會是我，行行復行行，腳瘦得失去知覺，汗流得全身虛脫，「我會死！」我不時對自己說，死在一場沒有敵人的戰爭裡。我們的敵人到底在那裡呢？爲何要托槍持槍，對著不知方位的遠方打靶，一顆又一顆的子彈，到底要讓誰倒下？

荒謬的青春哪！只對那一襲軍訓服戀戀不已，穿軍訓服的少女看起來英氣勃勃，又是婉妙多姿，我曾為那襲軍服去考軍校，考上沒去念。但我發明一種穿法，在軍訓上衣下搭配白牛仔褲，紮兩條犬耳似的馬尾，如此半軍半土混進大學。

S，當你也覺得壯志難酬，坐著公車抱著米救濟貧戶時，我正成為同鄉會的總幹事，我們有自己的會址會訊，義務地替家鄉子弟補習，救老濟貧，我一個人寫鋼版，油印，又編又寫，寄出一百多份會訊。不久我被約談，同鄉會被解散，如果運氣不好，早就走上前人的血路，也許我那當縣長的叔叔保了我也說不定。這件事讓我整個人敞開，彷彿第一次有視覺，有聽覺，有心跳，並觸摸到時代的心。其時黨外組織蓬勃發展，因為同鄉會的關係，認識陳泉，他將我改造成另一種人。

S，那是台北，除了西門町，其他地方還沒那麼繁華，走過中華商場，小吃店的夥計在門口拉客，硬把一個年輕人抱進去，我們含笑而過，慶幸不是自己，你的母親每到周末催你出去約會，你跟一個富有的大學生約會，他說要帶你出國，但你拒絕了，你並非不喜歡他，只是不知道什麼是真喜歡，只有一些真討厭的男生，第一次約會就強拉你的手，或寫來熱過頭的情書，自己那鍋水怎麼樣也熱不起來，被動地接受男孩的追求是我們那時不得不已的情勢，可是無人追求太丟臉，也只好跟著有點討厭的男孩出去。七〇年代大學生活，要不烤肉舞會，要不救國團，誰知家事國事天下事，我也有過一個禮拜參加一兩個舞會，認識兩三個男朋友，由約會壟斷的大學生活。但我認識了陳泉，常常一群人在一間公寓中議論國事，有些名人意外地出現一兩次，談的議題從不義的政權到男女公廁不平等，在那群人中我的年紀最輕，最安靜，在眾人之前早已習慣沉默，我從一個繭進入另一個繭，一大堆問題將我拋離正軌的生活，再也沒辦法跟任何人溝通，政治太複雜，我的思緒紛亂如麻。不再認識自己，也覺得沒有人會了解自己。我喑啞如繭，找不到自己的聲音。

S，你所在的那個世界，必有鏡子組成的鏡宮可以清楚地看見事物的多面向，人性的多面向，人因複雜而美，絕非單一。我們總不夠了解自己，千千萬萬的我吵成一團，失去眞正本性。事實上，沒有眞正的我，我只是妄念的產物。

詩人奧菲說，看！我可以走進鏡子裡，說著他便走進鏡中。

你說，看！我已在鏡中，你還不進來！

我試圖走進鏡中，卻被厚厚的玻璃阻擋。

S，你所在的那世界，必有流不斷的綠水，看不完的青山，供你遊玩不足。你眞是愛遊玩，跑到三峽跟L看螢火蟲，到南丫島跟H爬山，到法蘭克福看書展，在巴黎穿小巷，忘掉談書簽約，天天只想著拚命玩，玩夠了就要走的，最後你走向五台山參禪，變成無欲無念的行腳僧。你死前的幾次朝山，是否冥冥有知，壽命將盡？

人到這世界遊玩，有的人跑得很遠，有的人原地打轉，我是個不愛動的人，像樹木一樣，等風等雨來就我，而神佛不來，日日我打坐，坐到全身顫抖，心亂如麻，神佛不來。

命有終極，我本非我，如同我現在千絲萬縷地描述你，是鏡中的哪一面折射？是哪一時空的你？是亦你亦我，亦或是非你非我？是我在呼喊你，或只是呼喊自己？

必須要找尋一種語言，可以捕捉空中之音，水中之色。尋找多年，終於找到文字，透過文字我可以盡情訴說，我以為已經找到，你看我寫那麼多文章，我會說話會唱歌，但是所謂言說之道，並非如此簡單。你倒下後，我只有更啞，更啞，那最絕望時閃現的脊冷，最喜悅時的空惘，深淵中的哀號，劫毀後的淡漠，生與死的相望，我無法訴說分毫。

S，正如同我在找尋這世界與那世界的通口，從這一頭的雙子大樓，朝你所在的大樓呼喊，要發出聲音是這麼困難，我幾乎要放棄了，喊你喊到口好乾，舌頭僵硬，你無應答，但還是覺得你沒有眞正離開。也許你所在是無聲的眞空世界，聲音穿不透，無形無色，只能靠心靈相通，那我要走過去了，請你等我。

欲世界

我手上有一本怪書，是一個驟然失去兒子的母親，經過十幾年的努力，終於能跟兒子的靈魂溝通，並記錄下與兒子的對話。十七歲就死於車禍的兒子，最讓母親擔心的是他走得痛苦不？兒子說，當你意識到壽命將盡，靈魂先離肉體而去，「我已不在那裡了！」這句話深深讓母親寬解。

S，我也有過瀕臨死亡的經驗，能夠深切了解「我已不在那裡了！」這句話的含意，沒去參加你的葬禮也是這個緣故。但在七七前後你到我夢裡，夢中的你跟往常無異，好像說好到哪裡玩，我們在街邊等車，車久久沒來，你那帶著憂愁的臉孔，似乎要垮下來，我才轉身，你就不見了。

認識你時，我們初為幸福的小母親，你那獨具一格的瘦弱與憂鬱，令我想到「瘦削的靈魂」，你穿白衣素裙，顯黑的臉一絲妝也沒，你的樸素，連三毛都要說，拜託你搽點口紅吧！你剛從商業記者轉為文學編輯，一個作家都不認識，每天看副刊找作者，不久找到我。你分不清大作家小作家，對待一律平等。有一次簽到一位暢銷作家，你跑去報告老闆：「某某人剛跟我簽了一本書。」他驚喜大叫：「趕快去請她上來坐！」你對老闆的反應十分訝異，什麼人值得這麼大驚小怪，你根本沒聽過她。在你來說，眾生平等，眾作家一律平等。

那正是出版界群雄爭霸的年代，也是文學書的黃金年代，出版文學書的出版社還分四大四小，暢銷文學書動輒刷十萬二十萬，你像拉霸似地簽了好幾本暢銷書，錢如潮水湧進，薪水職位一年三級跳，很快升到主編的位置。老闆給你許多自由，說出國就出國，說跟作家簽書就可以不上班。你一年出國五六次，在巴黎你穿白衣牛仔褲，紮兩條小辮子在一家書店前留影，深邃的五官像是西方人，你常說前世你必定是法國人，軟軟的鼻音，嗓音柔亮，令人想到《大亨小傳》中的戴西，她的嗓子似有銀鈴響，那也是錢幣在響。你愛美愛吃，且懂得穿。如同《包法利夫人》中的艾瑪，從追求神聖的狂人，變成追求愛與美的狂人。

每到假日我回台北，你千方百計叫我出來，我們不是窩在美食美衣堆裡，就是五星級飯店的 spa，那時正流行五〇年代復古風，賈桂琳、奧黛麗・赫本一件式無袖洋裝，鑲滿亮片的小禮服，淡紫絲緞抓有縐褶的晚宴裝，各式珠珠首飾包包，我們在珠花羅綺中驚嘆，怨怪服裝設計師如香服春藥，讓愛美女子不支倒地，並瘦了荷包。你尋找各式金縷衣，以搭配你如花般燦爛的年貌，還有日正當中的事業，然後點一杯紅酒，將心情帶到最高峰。然而我呢？爲什麼也要陪你埋在錦衣堆裡？只因爲你說我是你的姊妹，而我也捨不得不看一段繁華。那是墮落的開始嗎？

S，當我們不再年輕，回顧那段日子，一點也不後悔，女人該過一兩天那樣的日子，勸君莫惜金縷衣，勸君惜取少年時，過了四十，時光與容顏如滾石下山，一天老似一天，再無妝扮的心情。當青春正好時，我們素衣素顏，只因爲怕太過美麗；過了年歲，就要偷一點顏色，只怕不夠美麗。你病倒後，褪盡所有華服，剃光頭髮，手持佛珠，如同女尼。人的一生如此短暫，才剛編好的金縷衣，已破了洞綻了線，而剛編好的油黑辮子已成一把銀絲。

還記得幾次同遊香港，穿著絲絨霓裳腳上是綴有水鑽的緞鞋，坐在半島酒店喝下午茶，維多利亞港就在眼前，華燈初上，貪看紅燈與綠燈廝殺，差點誤了《歌劇魅影》上演時間，踩著三吋高跟鞋，錦衣夜行，飛步跨過對街，衝進藝術中心，才剛坐定，黑絨布幕正好拉開，那裡有舞台中的舞台，歌劇中的歌劇，正錯亂間，魅影抓著碩大的水晶燈，從舞台那頭跨越觀眾席，在一片驚叫中，克麗絲汀的高音爬到最尖端。走出歌劇廳，歌聲魅影一路跟隨回台灣。那時多少作家、小劇場表演者，帶著這音聲之惑影像之魔，想改造貧窮劇場，將華美的因子灌進舞台，不久「果陀」推出豪華歌劇，「創作社」也有奢華演出，我們都變成奢華分子，在荒脊的年代行走。

又譬如上海之行，領了近萬人民幣稿費，從南京路頭買鞋一路買到花園飯店精品店，絲的綢的開司米爾衣裝，天天吃黃魚大餐，才三天萬元戶已敗光光，在九〇年代初萬元可買一棟房子哩，三萬六千兩一旦化灰塵，可不是，換成台幣恰是此數，一般人的月薪不過一兩百，《玉堂春》的花花公子花錢不過如此。那些衣服到現在有的還沒穿，只有那一套月白絲質睡衣，記載著那段揮霍時光，如今已微微泛黃。

這麼愛穿，穿這麼漂亮要做什麼呢？你說，好想談一場戀愛，許多人追求你，仙女也會動凡心。你說，有個作家在談完書後，喝了你那杯留有口紅唇印的茶；另一個作家帶你去兒童樂園，在雲宵飛車上偷吻你一下。唉！編輯與作者最美好的狀況是相互著迷，只可惜那只是鏡花水月，當你深陷其中不可自拔，書市已有天翻地覆的變化。四大四小難以為繼，港資湧進台灣，出版版圖重組，文學書不再吃香。那時你為出一本異色文學書在老闆面前淚下，你戴著如大拇指那般大的淚滴狀水晶耳環，好壯觀的淚滴，老闆因此心軟，特別包了膠膜以限制級出刊，沒想到因此大賣，開闢「感官小說」一詞，其實是更開放的女同情色小說。

你護衛文學書姿態越來越明顯，與營利背道而馳，終至與老闆決裂，跳到另一家大出版社，蜜月期一過，故事又重演。這時許多作家出資讓你另創出版社，你用大出版社大開大闔的方式燒錢，沒幾個月錢已燒光光，在還未善後時又另起爐灶，把所有出資好朋友的心傷透，一時間天怒人怨，一個一個朋友離你而去。

編輯與作者最糟的關係，是猜疑怨怒，考驗著其中脆弱的關係，也許那時你已病得很重，臉色越來越灰暗，行事作為乖戾難以理解，那之後，我們衝突連連，直至我奪回自己的稿子，宣告決裂。多年來你扮演我的經紀人，出書由你一手包辦。那是另一種墮落，所有的依附都會帶來腐化，回顧那時的文章，多數不知所云，第一次我拿著自己的稿子拜訪出版社，像新人一樣，找回自己的新面目，寫作就應該這樣，置之死地而後生，無奈那時文學市場已奄奄一息。

S，你見證了文學書的輝煌時代，我為你慶幸沒看到閱讀市場的冰點。當網路大眾化，人們不開機就不能呼吸，上網可找到各種需求，人人得了電腦瘤，E世代的年輕人，一不能沒手機，二不能沒帳號，閱讀變成多餘的事，文學書更不用說，書量驟減。那時你已昏迷在醫院中，不省書事，你的死去宣告一個時代的結束，然而我翻遍報紙，連一個小短行報導都沒有，編輯是作家的保母，是無名英雄，死後注定要籍籍無名，你扮演著比推銷員還孑虛烏有的角色，印證著人心涼薄，你死得比推銷員還淒涼，凌拂說，你睡在比衣櫃還小的抽屜裡，你以寸身告訴我們一切浮華終歸虛無，當包法利夫人吃下砒霜，她的愛人在哪裡？只有釘棺材的聲響回答你，然而你究竟是天使或魔鬼？

一切俱往矣！從歡念愛夢中醒來，我們有時是他人的天堂，有時是他人的地獄，每一段情緣，先而甜美，後轉苦澀，最後生離死別，誰能逃過此宿命？我在這裡追憶著過去一切，想想，我們過得不算差，起碼我們見過人間最燦爛的煙火，聞過高高山嶺上的梅花香，聽過多明哥的《奧賽羅》，遭受到致命的嫉恨，詛咒，還有悖德的吻。

常懷善念的人做一次惡只有下地獄；常懷惡念的人行一次善卻可上天堂，我們的道德教訓一向如此偏狹，啊！我不願再辯說了，寧可把你視為貝德麗采，帶領我們先下地獄，地獄門口有兩頭兇惡的巨犬，宣告著「無罪者不得從此入」，在第一層我們看渾身是血腥的作家們，尤其是依附在人體像吸血的水蛭，吸飽血還嫌血過於腥羶，藉此獲得聲名利益，他們的苦水怨言特別多，以致舌頭變長從嘴巴伸出下垂，他們拖住你不放，說：「救我們出去，是你鼓勵我們不斷寫，不斷出書！」這時我看到R，他的舌頭長到地下，全身泡在血海裡，他寫他的父母、妻子、老師、朋友，一個也不放過，他想過來求救，許多人圍著他，吃他的肉喝他的血，他曾把你寫成意淫的對象，你的眼神中有悲憫，身姿翩若游龍，一旋轉離開第一層轉至第二層，那裡群聚著叛國、通姦者，他們被困在一片刀山中，渾身是傷，他們想爬到冰山上，卻一再掉下來，插在刀山上；他們亦向我們求救，卻搆不到我們的手，不，他們根本沒有手！我們在悲傷中轉至第三層，那裡聚集著政客與奸商、騙子集團，他們淹沒在口水海中掙扎，他們的手緊拉住岸邊，身體卻上不了岸，因爲他們根本沒腳，一陣浪打過來，又把他們帶回口水海中。這裡的風眞猛眞烈，我們轉至第四層，眼前一片漆黑，一群人伸著手摸黑，喊著：「給我光！給我光！」他們是僞善僞信者，只相信自己是好人，自己所信的宗教，指稱迫害與他相違背的人，他們渴望看見，卻永遠處在黑暗中。就在這裡，你流下血一般的眼淚，不忍心看見，帶領我至最底層，這裡是殺人集團的天下，恐怖分子、殺人魔、軍閥、獨夫……，他們各持長刀彼此互砍，像削薄片似地，削下對方的血肉。你閉上眼睛說：

「你都看見了嗎？這就是人犯下的罪，只要你偏執於某種負面的念頭，就會永世沉淪於此！」

「太慘了！我無法再看下去，求你帶我離開吧！」

「那就往上升！」

這時吹起龍捲風，我們隨著風扶搖而上，首先是音樂，甜美和諧的震動溫柔地包圍我們，然後是光，所有的東西都在發光，冰藍光的海，玉白光的沙灘，我們走進沙灘，雙足透明光燦如鑽石，我們慢慢往海中走去，海水像羽毛般搔我們的腳，這裡一個人也無，終於找到寧靜，你流下一顆冰藍色喜悅的眼淚，像藍寶石鑲嵌在你如水晶般的臉上。

珍珠之約

這是個契約年代，什麼都要簽約；結婚契約，出書契約，房租契約，購屋契約……，我常是簽過不久搞丟，尤其是書約，大多內容看都不看，丟進抽屜被文件淹沒，有些根本沒簽，告訴自己那只是形式，我重信諾不重形式。這觀念不合時宜，有那一紙約定，雙方都有保障。

S，聽說我們也有一紙約定，上面規定著我們的命運走向，這輩子會碰到誰？與誰有恩與誰有仇，得到多少，失去多少？縱是跟上帝簽約，我想也是看都沒看，就丟進抽屜。我不能算宿命論者，對輪迴也是半信半疑，我喜歡一切事情有自由變動的空間，也有自己想像的空間，所謂命，多半事後領受，事前不相信。就算聖人五十知天命，前四十九年想必是不信。

如果一切都是命定，那麼幼年時，跟著大姊到朋友家，她家是日式房子，有小小院落，裡面一株櫻桃樹正結果纍纍，殷紅色的櫻桃像寶石一樣掛滿樹梢，櫻桃耶！那年代只有在書冊上電影上才看得到，一時間那棵樹帶我進入迷離幻境，比吳剛伐的月桂，蚩尤死後化爲的楓樹還美，大姊的朋友也變得美不可攀，連那寒冬季節也有詩意。那之後不久，大姊的朋友搬走了，只見過一次面，每經過她家都要從門縫中偷窺，奇怪的是人去屋空樹也凋零。僅僅見一次面，屋脊成荒堆，難道是狐仙女鬼來尋，而那也是命定，她注定帶著櫻桃樹來跟我相遇，說你看這是普天之下最美的樹，只開一次花隨即凋零如夢幻泡影。學國畫時我最愛畫櫻桃，看卡通我最愛櫻桃小丸子，它們以詩以畫頻頻叮嚀勿忘我勿忘我，這是哪一種命定呢？

又譬如說，在各個不同的城市行走，總會碰到面容相似的女孩，我對她似曾相識，令我不斷回首，她有一張可愛的圓臉，薄到幾乎透明的肌膚，臉上微有雀斑，稀薄的頭髮燙成小鬈，連鬈的樣式都好熟悉，長得不算美，爲什麼無處不在，彷彿她是跟著我來到人世的影子，追隨我到天涯海角，我想攔住她，對她說，嗨你在這裡，可是她根本沒看到我，像陌生人一般走了，這又是哪種宿命？哪一種約定？

又譬如說，我對某種長相的男子完全無抵抗力，百分之百傾倒，我在年輕的時候遇見他們，百分之百地暗戀，在不年輕的時候也遇見他們，也是百分之百心跳，怎麼回事，他們根本看不見我，比電影明星還難以碰觸，但我總會遇見他們，心碎成一萬片。沒道理，沒必要，這難道也是命定？也許前輩子我對他們特別殘忍，這輩子要如此春蠶到死蠟炬成灰。也許是三生石前對誓的一張臉，兵荒馬亂中一張離散的臉。俗世歡愛絕不至如此絕對，也許是或唐或宋在寺廟中看到的菩薩低眉，也許在大漠石窟，我曾是造像雕工，一刀一斧鑿出的法相莊嚴。

也許或也許，那場悲劇早已注定，在氤黑的冬夜他送我去看《暗戀桃花源》，望著他離去的背影，覺得有一絲憐惜，倉促間把終身許給他，而他是怒目金剛化身的許仙，一步一步把你往死裡摧，而我那來塵世結緣的孩子，是我許他的報恩之身，我們的生命如鎖鍊般相扣，亦需藉仇恨分離。當我被無極之水困在慈恩塔中，我的孩子還沒長大，無力救他的娘，且把娘親視爲危害人世的白蛇。

連我也不相信，那場短暫的悖德邂逅，是前世注定，狂風暴雨捲走一切，令我也不認識自己。是他來喚醒蛇性，與洪水共起伏。在盛大的波浪中，我們一度交手，隨即被洪水衝開，脫解命運之鎖鍊。

S，甚而我們的相遇亦是命定，你定是我前世的孿生姊妹，拿著一張報紙來相認，你早把圖像畫好，索向圖畫影裡喚眞眞，於是我來報到。我們相交如魚得水，一起游向自由之海。永遠有談不完的話，一有事焦急非找到彼此不可。這樣的友誼危急萬分，天神也妒恨，故來破壞。好幾次我們爭吵，你的臉色越來越黑越來越難看，我察覺卻不以爲意，最後一次爭吵是在公車站，人車喧騰，你陪我等車，兩個人的臉各別一邊，然後我上車，你離去的身影如此瘦弱，還不時低頭咳嗽，那時你已病得很重，一檢查醫生即要你住院，你這輩子從不看醫生，一看醫生也快到家了。

跟你不同的是，我勤於看醫生，到國泰醫院像逛公園，看不夠，一路看到台中榮總、大林慈濟、高雄長庚。醫生說我得了稀有之病，口乾眼乾，跟乾燥花沒兩樣。從眼科掛到風濕免疫科，最後居然說不清。我像探索眞理一樣探索病因，最後仍是無解。

我們各生各的病，因爲生病重拾友誼，但已是君子之交。如今你先我而去，頭三個月拒絕相信你的死亡，當我眞正面對，才發現形單影隻，這一切也是上天注定？

你短短一生，生下一雙可愛的兒女，編了幾本好書，這些好書因你大都絕版，譬如木心的紅白黑三書，那三本書是書的逸品，書無罪過，爲何也有命定？格調太高的書如同廣陵曲散，竟成絕響。又如那些年的菩提系列，必須不斷趕刷才能應付市場需求，本本都大賣，作家遭逢家變，讀者焚書，書本的命運如此富於戲劇性。又譬如說某作家的頑皮故事本來賣得不怎麼樣，換到你手下，賣到不行。又如「人間四月天」掀起收視熱潮，人人口中唸誦，「許我一個未來吧！」你編一本相關書籍，也是大賣。你又不按牌理出牌，第一個找歌星出書，果然暢銷。其時非文學類書勃然出動，幾年間鯨吞文學市場，你不但找影歌星出書，也找企業界出書，什麼帽子大王，鑽石大王。編輯必須對閱讀走向敏銳，你像探礦一樣，挖出寶礦，這些書有的仍在流傳，有的已銷聲匿跡，書的生命長短，盛衰起伏是否也有命定？

許多人流傳某女詩人之詩集，剛出書時頻遭出版社冷眼相對，打電話詢問版稅，被編輯羞辱：「賣這麼差也敢來問？」詩人忿而另謀出路，沒想到掀起旋風，造成一時風行。也有看起來能賣的書，偏偏不賣。怎麼說呢？書的際遇有時比人還傳奇，當年《紅樓夢》只在幾個朋友間傳抄，還未成書已流行廣大，幾令洛陽紙貴，哀哉作者已潦倒死去，看不見自己的不朽。又如卡夫卡極度內向極度害羞，生前幾乎毀了自己的手稿，要不是友人兼編輯整理出書，這現代主義大師恐怕也要被埋沒。

我到艾蜜麗‧狄金蓀的故鄉住一年，看她的詩集有多種版本，沒有一本齊全，還有一些詩仍在出土。她住的白房子到處塞著寫有詩句的小紙條，她幾乎是這小鎮的靈魂無處不在。詩人生前極度自閉，她從未想過會被如此大大掀開，看不見也好，否則她會把它們埋在玫瑰花下，一卷詩稿化爲一堆花肥。書的命運怎麼說呢？

我的命運總跟房子有關，像我現在住的大樓，面對著上石埤及兩排黑板樹，在往前一點是開彰王廟，香火不盛，但聽說求財特別靈，怪哉，明明是求財我反倒破財。我來這裡彷彿住進欲望城市，高興時去買一雙鞋，不高興時也買一雙鞋，花錢如流水。有生之中從未如此奢華愛買，有一天鄰近百貨公司傳出一瘋狂女子一次刷五百萬，我妹還打電話來求證是不是我。

買那麼多鞋做什麼，昂貴到捨不得穿，心情鬱悶時拿出來一一擦拭試穿，覺得好滿足，奇怪我變成戀鞋狂，不過多久以前，我一雙鞋二九九、三九九穿到爆。童話中有一雙紅鞋子，穿上它會一直跳舞跳到死。是鞋子瘋狂，不是人瘋狂，鞋子自有生命，這祕密只有鞋匠知道，他將靈感注入鞋中，玻璃鞋住著美之狂人。這麼多美鞋是來彌補以前的空白，人一生會擁有多少鞋也在那一紙生命契約上？

這輩子住過的房子十幾棟，每棟房子記錄我的生命歷史，不過十幾棟，想來生命也就是十幾棟，每棟平均五年，五年一轉折，有時是吉他迷，有時是石頭迷，有時是鞋迷，如此鞋來鞋去亦不必驚心，我們在房子裡營造生命舞台，也許下一棟房子即是永劫回歸。

想來住在中興大學旁的五樓之頂是最快樂的時光，不那麼多欲望，生活簡樸，對寫作充滿憧憬，直至愛人驟逝，倉皇搬家。遇有拂逆立即搬家，這好像是我的存活之道，房子收納一切悲哀，我逐樹林而居，樹林彷彿沾滿靈氣，安排著生命動線，這又是哪一種命定？

S，我相信在生命契約上，你是來引我穿越生死，至約是無言之約，無生死之約，你早策畫好這最後一本書，你寫了第一章，接下來我只有交出這雙手，聽由上帝完成！

最藍

接近凌晨路過中港路，四周幾乎燈滅，只有霓虹燈詭魅地閃爍，在一片漆黑中，陡立一棟高樓，層層燈火通明，透明的玻璃帷幕裡有些人在跑步，遠遠看去像凌空騰躍，有些人在騎腳踏車，他們像奧林匹克的神祇，健碩優閒，無憂無慮，S，這是夢嗎？在夢中我見到天堂。

再來談那本母親與死去的兒子的陰陽對談，兒子形容的天堂，是比人間更優美更寧靜的異次元空間，房屋建築景色與人間無異，只是那裡的人可以穿牆走壁。人在親密的人死去時，似乎可以感受那個世界如實地存在，一般人會說這是迷信，迷信也罷！他們哪裡明白倖存者能得到亡者的一句話，是如何安慰，可以解救他不再墜入痛苦的萬丈深淵。

第一次尋找通靈者溝通亡者，是在年輕時情人驟然喪生，一句話都沒留下。好幾個月沒有辦法脫離痛苦又怨恨的情緒，來到通靈者面前，她的眼光銳利又慈悲，說我的靈魂已矮到剩幾公分，再不自救十分危險，她幫我尋找亡者的訊息，在一陣閉目沉默與緊皺眉頭後，她睜開眼睛說，她看到他站在西方的天父身邊，並交代三件事，那三件句句切中要點，而且是存在我們之間的密語，當她說到，亡者說：「琴弦已斷」，我像被閃電擊中，它像一句偈語，說明著生者的執迷，一廂情願難回天，可不是情弦已斷！

S，幽冥如眞有入口，上窮碧落下黃泉，不過是要得到一句話。我覺得你的話汩汩不斷，毋需通靈，我自明瞭。

我決定走進那棟天堂大樓，經過繁瑣的手續，照了兩次相，終於取得進出天堂的許可證。我換上白衣白褲白跑鞋，只差沒有裝上翅膀，拾級而上至二樓，但見空曠的大廳擺著好幾台跑步機，我稱之爲太陽神的戰車，跨上它你可以騰雲駕霧，那裡的人幾乎不交談，各踩各的，近十台大電視輪流播放，奇怪的是，只有畫面沒有聲音，我的左右分別是 DISCOVERY 與 HBO，螢幕上出現的字幕如同幽浮發出的宇宙密語：

……海獺是大自然最厲害的建築師，牠們可在兩天內咬斷一棵樹，一年咬斷兩百棵樹，不久，屬於牠們的水壩將會完成，這是牠們私有的基地，沒有人可以侵入……凱莉，你非跟那個俄國人去巴黎不可嗎？你忘掉了自己是誰！米蘭達，爲什麼你總要跟我唱反調，你有丈夫，夏綠蒂也有，連莎曼珊都有愛她的人，而我難道要抱著我的書虛度一生，我只是去追求我的生活！凱莉，是他的生活，不是你的！……公麋鹿的鹿茸還沒長出來，牠追著母麋鹿到水邊，有時牠們彼此追逐，一起沉入水中，這對青梅竹馬的小情人，還沒有修好戀愛學分，甚至還不能懷孕，但牠們彼此跟隨好幾年，直至愛情的箭射中牠們，現在牠們決定一起橫渡草原……凱莉，我花了很多時間才來到這裡，請讓我説完，我愛你，十分確定，我曾經錯待你，請你原諒我……你又在開我玩笑了對不對，在我夢醒之前請重重地捶我一下……公野牛常以打鬥作爲遊戲與練習，這隻母野牛生下小牛後，先要吃掉胎盤，但是牠吃錯了瑪蒂的胎盤，瑪蒂嗅到自己的胎盤，認錯母親，想吃母親的乳，卻被母牛生氣地趕跑，這種錯誤常在草原上發生，但過不多久，每隻小牛都會找到自己的母親，一切步上正軌……大人，爲了我你會離鄉背井被放逐到遠方，這樣沒關係嗎？爲了我你會過著吃草根的日子，變成賤民，這樣沒關係嗎？長今，沒關係，就是因爲你，所以沒關係……

這樣複雜且濃密的感情密語，令人無法承受，看我已是氣喘吁吁，汗流浹背，這時下雨了，雨水沿著玻璃帷幕，形成盛大的水簾，整個天堂彷彿在哭泣，我得離開這地方，走進到處是水藍光的池子，先泡進冷水池，再泡進溫水池，這裡裸體的夏娃四處遊走，少女的纖美固然令人讚嘆，但最令人驚駭的是七八十老嫗的身體，她們像鱷魚一樣渾身斑紋皺摺，無視於他人的注目，美與醜的極端一樣偏激震撼。剛才在大廳跑步，那老嫗就在我身邊跑，以極緩慢的速度慢跑，她的背已弓，還能做這種運動，除非是神人，可是這裡的人都不交談，帶著自己的裸體優閒地走來走去。只有在蒸氣區，她們變得有點焦躁，溫度實在太高，這裡離太陽很近。

所以我要到更大的泳池游泳，這裡男女老少都有，池畔種滿熱帶植物，不敢相信這裡有火鶴花和雞蛋花，坐在躺椅上，我大都會想到兒子，並傳簡訊給他，如果沒回答，縱身跳入憂鬱深藍水池往至藍中游去。在沒離開家時，常跟兒子一起游泳，他老愛在水中捉我的腳，每捉到一次喊一次媽媽，是否他在泳池游回子宮，不斷找機會喊我。我們的天堂必有土耳其藍的泳池，一個永遠長不大的孩童，一個永不老去的媽媽。

S，常常感到你在這附近遊走，你透過電視機螢幕對我低語，或在水中，水藍的湧泉，深藍的倒影，每次從珍珠之門走出，我的靈魂經過一番洗滌，是可以成仙成蝶，與你共翺翔。

遂覺得街道格外晦暗，燈光一片模糊，人臉布滿陰影，被框在灰黑的天空中。人是該經歷一些事，抽離五濁惡世，找一個自創的天堂讓靈魂休息一下。那次我們要去香港，到機場才發現港簽過期，兩個人提著行李都不甘心回去，於是轉往花蓮，看山看海泡溫泉，女人眞是水做的，一見水就往裡走，就算是大海，也毫不猶豫往裡走。

那時我們對於妻子的角色十分厭膩，寧願說謊也不願回家。我發現你善於說謊，連一絲罪惡懷疑也無。我不知你爲什麼要一步一步將我們拖離家庭。近四十的女人逃家像小學生逃學，編各種無奇不有的謊言。我們的丈夫不能算不愛我們，但婚姻到了十幾年，不知何時丈夫變成老師，散發著納粹氣息與斯巴達精神，那令我們自我退化的到底是什麼？

是奧賽羅的陰魂不散，讓同床共枕的人變成敵人，不！這樣說對丈夫那方不公平，好幾次你逃到我台中住處，你的丈夫像得了重病，以微弱的聲音到處打電話找你。我們相互掩護，站在同一陣線，一同對抗老鷹捉小雞的丈夫，爲什麼男女關係是這麼可悲？

只能說，我們的性別關係令男女漸行漸遠，我們的社會不夠成熟到讓夫妻在婚姻關係中找到幸福。

你以死亡結束這種可悲的關係，而那無怨無悔守在病床邊看你閉上眼睛的是你丈夫，老鷹捉小雞的遊戲終於結束，你的丈夫成了完美無缺的聖人。

而我們變成罪人，表面上我們逃避家庭，逃避作爲母親與妻子的責任，事實上是死神在後面追趕，如果我知道死神追你這麼急，我會更包容你的乖張。有些種族，人知道自己將死，會爬至亡靈齊聚的山巔，在大自然中等待死亡，在《楢山槇考》影片中，老母親想爬到山上等死，兒子百般阻撓，拗不過母親，只好背著她一步一步走向山頂，將她放雪地裡。兒子不捨，母親一直趕他回去，她要自己面對死亡。

死前的執著乖張，我終於懂得，原諒我沒有陪你上山。我的祖父在死前，性情大變，總是要出去，把每個親友看一遍，不管別人有沒有空，說來就來，從台灣頭一路訪親到台灣尾，撿回許多紙屑，他說是愛惜字紙，好幾次在熟悉的城市走失，被警察帶回來。他在找尋他的死亡之巔，卻沒有人懂得。

S，原來我們的情緣，是爲學習死亡功課，我一次又一次遭逢死神，狡猾地逃開，沒有勇氣直視。所以必須一次又一次重修，你來告訴我，死亡一直在那裡，我們以美食美衣麻醉自己，以旅行逃逸，以愛情遠走高飛，但是它一直在那裡，從來沒有離開。我們活著感受死亡，將它視爲生命的一部分，並自創一個天堂。

現在讓我再一次穿越珍珠之門，走到十台電視之前，聆聽宇宙密語，有時你在第一台：

……你害怕嗎？我很徬徨，你很徬徨嗎？我很迷惘，你很迷惘嗎？我很害怕……

有時在第二台：

……全省各處發現紅火蟻，正午地震超過七級，錢櫃KTV周年大優惠，王子與公主之戀受矚目，總統金孫滿兩歲了……

有時你在第三台：

……眞言宗的弟子爲追求死後肉身不朽，通常在最後階段，展開長期的絕食，他們喝的水是法師指定的溫泉水，其中含有砷，它可造成緩慢的死亡，還可殺死體內器官的細菌，這時只吃松樹皮，其中的松脂亦是上好的防腐劑，如此他漸漸走上死亡，並完成肉身不朽……

當我被混亂的話語攪得無所適從，只有靜心聆聽尋覓，你是那場雨吧！溫柔地包裹整個世界，自己卻哭得那樣傷心；或者你是那扯動風鈴的風，叮叮噹噹似有奧義在其中，我維持聆聽的姿勢，直到背脊一陣痠麻。

一暗袋

颱風過後，氣溫驟降，披上厚外套，無意識翻口袋，總會有什麼年深日久的堆積物，一年前的發票，一顆變質的止痛藥，一個不知何時掉落的扣子，一張寫有電話號碼的小紙條，一個銅板，或一塊或十塊，有時會掏到一張紙鈔，寶貝眞不少，奇怪的，看起來不像自己的。也許還有許多口袋裝著年深日久的生活遺跡，一些潛意識欲望沉積。

眞該翻翻所有的口袋，也許有更驚奇的發現，但我不急，慢慢發現更有趣，S，記憶是不是也是這樣，有許多小口袋，收藏著一些我們記不得的累積物，偶一探觸，好像窺探別人的隱私，與自己無涉。

有回跟學生們聚餐，飯後無聊，大家把包包的東西拿出來分享，小女生的包包會裝些什麼呢？小記事本，可愛的布袋裝原子筆鉛筆、手機、小錢包、摺疊式陽傘、一包小糖果、數位相機……，被發現之後，那相機擁有者，只好幫我們合拍一張照片。相對地，我也攤開我的包包，首先是八仙果（對付口乾症），再來是幾顆止痛藥，兩三枝原子筆，一大堆作業，一本不太厚的書，幾封拆開的信，手機、一大堆發票，原來我的生活如此無聊；一個生活精采的現代女子，包包中應該有小化妝包、小鏡子、髮夾、耳環、PDA（我曾是最早使用者）、寫滿手機號碼的小本子、口香糖、KTV優待券、電影票、泡湯券，也許還有避孕藥之類。我見過一個富有東洋風的女子，她的大袋中有中袋，中袋中有小袋，像連環套，上面皆是日本卡通圖案，有一次我頭痛，她拿出袋中袋中的醫藥袋，天哪！什麼都有，OK繃、普拿疼、綠油精、紅藥水，還有小針線盒、小瑞士刀上有迷你剪，另一小袋是放大中小衛生棉，可以想像她是個思慮周全，能文能武之人，而且在四十歲以下。只要誰衣服破了，她馬上穿針線，一穿即過，不知什麼時候開始，穿針對我已是不可能之任務，眼盲的稱看得見的人爲「明眼人」，耳聾的稱聽得見的人爲「聽人」，我應該稱她爲「穿針人」。女人的袋中乾坤像她們的心思一樣複雜神祕。

S，你著迷於各式各樣的包包，譬如溫慶珠收藏的古董包，我們常流連遠企那家店，象牙色的珠珠有花卉圖案在其中，價値不斐，你看兩眼買下來，卻從沒看你拿過。夏天你提小竹籃，配一雙紅色芭蕾舞鞋，穿短而俏的迷你裙，沒有人猜得出你的年齡；有時你也提方正的小公事包，裡面裝一兩本書，幾張CD，音樂會、小劇場的票，下班後你不是聽音樂會就是看戲看電影。你那多變的包包說明你的生活多麼有聲有色。

我們買過一模一樣的小行李箱，說它是大型公事包也無不可，墨綠色鑲皮，現在正擺在我書桌旁的衣櫃上，我幾乎忘了它的存在，拿下來時布滿灰塵，裡面裝著的仍是令我感到陌生的衣物；譬如說蛙鏡、泳帽、換洗的內衣，幾件襯衫，在香港買的黑色蠶絲掛，暗袋裡有美金一元，彷彿是多年前我們一起出國，原封不動的行李。我想起那個春天了，在香港爲張艾嘉策畫一本自傳，她口述我記錄，有時在她的公司，有時在她的臨海別墅，談了三天三夜，很難想像她這麼能開放自己，那時她是無畏的女人，說了許多她從未開放的自己，三四個女人在漫談與食物中度過，她的兒子丈夫有時加入，到熱門不貴的餐館排隊，隨和無畏別人的注視。她想當普通人的心願究竟無法達成，不久發生兒子綁架事件，她把兒子送到國外，自己躲起來，那本書當然也無法出版。

那幾天我們去游泳了嗎？沒印象！也許是另一次旅行的裝備，或搬家時隨機的置放，提這個旅行袋眞可以到處旅行，停留個一個禮拜沒問題。眞想提著它，拋下一切事情，隨便搭上哪班機，到遠方的小城住下來，每天游泳泡水，我還有美金一元可打電話呢。然而自從那次病倒，已有四五年沒出國，也許再也無法隨興地旅行，擦拭著旅行箱，灰塵揚起令人咳嗆落淚。

我最豪華的袋子是結婚時，母親送我的天藍色硬殼旅行箱，搭配一個手提天藍化妝箱，歌星提的那種，一看就知道是度蜜月的，令人羞赧的箱子。婚後即塞在床下，裡面裝著母親用過的珠包、絲緞手套、珠寶首飾，四角暗袋各塞一個龍銀，母親總在緊要處表現她的排場和闊氣。而那個箱子並不適合我，我逃離那個家忘了帶走它，不知現在命運如何？

那幾年，我總是拿著中型旅行袋，就像隨時在旅行，每周台中台北兩地跑，那個廉價而破爛的包包，裝著幾件衣服、盥洗用具，是可以隨時出逃。我提著這樣一只包包，盲目地到淡水跟一個危險人物相會，我不知道有人一路跟隨，包包被抓住了，包包被開腸破肚，我枕著包包睡覺，包包……，令人看了想嘔吐的包包，混合著各種難聞的氣味，才回到家就被我扔了。

現在我著迷於各種昂貴且美麗的包包，彷彿藉此可找回失去的自尊，那一個有著巧克力方格的公事包，裝著一切虛榮假象，另一個粉紅色菱格購物袋，裝著受傷的自尊，還有鑲著珠寶的鱷魚皮包，裝著分裂的自我。村上隆元年，女人掀起櫻花包眼睛包七彩包狂熱，許多人報警被騙十幾萬，根本拿不到貨，女人說：「不管如何，我就是要買到它！」警察說：「少騙人，什麼包價值十幾萬！」我提著七彩包，走在街上，行人紛紛行注目禮，而我的心破了一個洞，沒有人看見。

S，你背著帆布書包，提著小到不能小的行李，在世界各國遊玩，不管去多久多遠，你彷彿是住在那個城市，或在那裡上班。你晨起優閒地吃早午餐，通常是麥片粥加一份火腿蛋一杯咖啡，然後走路坐公車或搭捷運去談書，晚上看戲聽音樂會，跟在台北無異。你的包包裡只有一套換洗衣服，一隻幾乎無色的口紅，一兩本書，每到一個城市買一雙昂貴的鞋，樣子都差不多，平底繫帶的芭蕾舞鞋，或紅或白。

我們對美的追求是那麼狹窄而偏頗，而我們不自知。只有在審視皮包或口袋的內容才有一絲自覺，然不偏頗也就無個性，我們的偏頗讓我們各自形成不同的生活習性與樣貌。這些記憶的暗袋，可以連結到前世嗎？前世我曾是旅行必帶泳衣蛙鏡，或是在衣箱的四周塞四個銀元，隨身攜帶八仙果，喜歡以奇包炫人，而且會延續到下一世？或者我們這一世是前幾世的總集合，有一世是愛游泳，有一世得口乾症，有一世極其富貴極其愛現？而你前世必是行走四方的行腳僧，背一個麻布袋，袋中一冊經書，手中一個木缽，從中土一路翻山越嶺到印度；或是吉普賽舞孃，跳破一百零一雙舞鞋？你走的時候穿哪雙鞋？提哪個包包？

有一個深藍色的大袋子，一直塞在書櫃下不敢去碰觸，裡面裝著兒子剛出生時穿的襪子，小到不能小的紅襪子上面浮出 pa pa ma ma 字樣，還有奶嘴，兒子幼時的相簿，不小心翻到時，手指如觸電，跌坐在地上發呆許久，那個記憶暗袋特別幽深，深到令人迷失。

是不是我們的記憶就像這些袋子，它不是以時間連串，而是以物件爲象徵，可以還原事件的內容或組合成心靈畫面，它們別有深意，自生自長，你在不在其中並不重要。一把褪色的摺疊陽傘（通常是下雨才撐，撐過多少個雨季？），一面染有粉漬的小鏡子（哪次重要宴會？穿哪件華服？），幾個猶有銅臭的錢幣（買什麼找來的？何來日幣人民幣？），一塊有香水味的手帕（誰的遺贈？我不用手帕啊！），它們獨立存在，訴說著生命自身的詩意。

S，我找到一件背心裙，那次到上海，我們各買一件，巧克力色的尼龍料上繡有米色的薰衣草花朵，我尋找著口袋，希望能找到一絲生命遺跡，卻發現它沒有口袋，一件沒有口袋的衣服，眞恐怖！一個沒有口袋的人生怎麼可能？

遺珮

父親寄給我厚厚手札，端整如篆的毛筆字，寫著並不流暢的字句與心事，他回顧他的一生，提出許多令人心酸的問題，最後補注：「每日在寫作時不停地徘徊，該不該繼續之困惑，所以進度很慢，至今仍躊躇寄送給你，另而我父母姨仔都屬猝死型，均沒留一言就去，我亦曾想給予我生前錄音終是不果，我已到高齡足七十六歲，現在多病體力日益衰，留言父母未講述之家史必具意義，就以無名無地位之輩完成畢生之作……」

手稿寄到我學校信箱，在開會時偷偷閱讀，幾度眼熱，助教問：「誰的信，字這麼漂亮？」我說：「我爸爸！」心中生起一絲驕傲。我常為母親感到驕傲，認為她是女中豪傑，相比之下，父親顯得軟弱無能。尤其在研究賴和、呂赫若、楊逵那樣的硬頸作家，更為父親終生效忠日本天皇之思感到羞恥，他只讀日文書，看NHK，聽〈義勇軍進行曲〉，友好皆日本人。我們像是兩個國度的人，講不同語言，看不同書，想不同的事。

父親受完整的日文教育，自習的中文程度其實不差，但他寧可與日本友人通日文信，說他是日本遺民亦無不可。現在他以中文寫這麼多文字交託給我，第一次，感受到父親對女兒的疼愛與信賴，而我是如何無情無能的女兒？

S，你的父親亦是前朝遺民，蔣家的子弟兵，從山東一路殺到台灣，還想著何時殺回山東。蔣家衰微了，你父親知道家回不去了，娶了年方十五的本地姑娘，她是你年幼無知的媽，連孩子都不會養，送回恆春老家，你自閉在炎熱的南方，但你越來越像你爸，愛讀書風雅，耿直又倔強的山東脾性，講到你媽滿臉受不了的神氣，說你媽每次到學校看你，你總要躲起來，俗死了穿紅戴綠大花大朵，到現在還是如此，偷穿你紗紗的衣衫，還有金項鍊，高跟鞋。她像你的女兒永遠停留在十五歲，而你管她甚嚴，說媽不要穿這個，不要穿那個，不許偷偷進我房間，不許替我擦地板。可以想像你父親如何待她。時代的悲劇麼！你父親果然在山東早有老婆，兒女都比你大很多，但你還是歡歡喜喜送父親回鄉，給大哥哥大姊姊準備禮物。你母親不知如何表示妒意，連娘家都沒了只有跟去山東，叫大妻爲大姊，親親熱熱玩了好幾天。

是遺民的後代不爭氣或太爭氣，男孩只知吃喝玩樂，女孩力爭上游，你的弟弟跟我的弟弟毫無兩樣，敗光了家，再來纏姊姊。丈夫說沒用的男人，三十幾了還靠姊姊養，一刀兩斷算了。但你心疼爸爸，把半份薪水拿回家，弟弟娶老婆生孩子還在失業中，一大家子歸你養。

出嫁的女人沒有根，你根本不想回山東老家，怕揭穿父親的謊言，說祖上歷代爲官，宅子大得常鬧鬼狐，田地多得必須跑馬一天才看得完，其實你約略知道根都爛光了，還尋什麼根？更怕一腳踩進田埂泥濘，或牛糞中，弄髒你的美鞋，你寧可到光鮮整潔的西方小城飄蕩，住在德國黑森林古堡，那裡宅子大得鬧鬼狐，森林跑馬一天還看不完。

我有根可尋絕不放過，尤其夫家強迫認他家的祖先，我說生是周家人，死是周家鬼，丈夫氣得說不出話來。我才氣呢，爲什麼抓別人家的人來做他家的鬼？要這麼多鬼幹嘛？鬼已經太多，我的祖先聽說四百多年前，追隨鄭成功來台，四百年間累積多少鬼魂，父祖總說祖靈十分靈驗，祖靈說祖父可做生意，他從農會總幹事退休拿到五千元，好大的一筆財富，那時我家一個月生活費才兩元，祖父投資琉球鹹鴨蛋，一船的鹹鴨蛋，中途遇到颱風，載到台灣全都發臭了；又進了一船美濃紙傘，載到日本因天氣太熱，紙傘黏在一起打不開；又批過帽子，情況更慘。祖靈沒生意頭腦，害慘祖父，他的經商夢幻滅，回到家只有看大祖母臉色，她才是穩紮穩打，把一家乾貨店經營得強強滾。這段荒謬的經商史被青妹從父親口中挖出來，大喜過望的她說：「是了！是了！原來我從文學轉做會計師，一切都是遺傳在作祟，祖父也是數錢做會計的，我的數學頭腦作帳能力遺傳自他！」

青妹嫁給美國人二十年，又是另一種遺民，她全心想融入美國社會，忘掉自己是台灣人，她講帶有華盛頓腔的英文，每天穿深色套裝，騎兒子的小腳踏車橫行半個費城，像驕傲的黑天鵝游進聯邦政府。孩子不會說中國話台灣話不會寫中國字，卻在網路上自稱 china boy，十六歲帶他們回來，才兩個禮拜，台語說得嚇嚇叫，還買了一堆龍形飾品，根是埋在心裡，不是埋在土裡。當青妹放棄比較文學博士，進入聯邦政府當會計師，以為自己完全美國化，原來一切加減乘除皆有根源。有根源讓人放心，所謂命運有一半是被血緣決定，你不完全是你自己也不孤單，你有一大堆祖靈為伴，青妹為此躊躇難眠。

S，認同對你來說無困難，你是台灣人亦是中國人，你喜歡阿扁更喜歡馬英九，當然你最喜歡達賴喇嘛，你也是世界人。你到國外更自在，我們應該不執著於國別種族，說世界語，四海一家，我們愛自己的根源，更愛這個世界。這會只是難以實現的夢想嗎？

文字語言造成種族與種族之間的籓離，堅持只使用一種語言文字，會變成未來的新遺民。我的父親拋棄日文，以中文寫下他的回憶錄，他已走出捆綁他的時代，得到心靈的自由，他說吾願已了。這是父親給子女最好的禮物，無我無國，只有愛。

S，你生病時，母親幾乎天天來煮飯給你吃，還說要割一個腎給你，你非常反對器官移植，尤其是老弱婦孺。你說死了就死了，還連累人做什麼？你的母親訕訕的，她知道你完全不接受她，在你心中毫無威信，她說什麼你總別過頭去，你終究沒給她機會，連葬禮也不讓她來。你拒絕母親一輩子，在孤單中死去，連根拔起，走得乾乾淨淨。

我比你幸運，父母越老越柔和，也越懂得愛子女。他們都來自不幸的家庭，自己得到的愛微薄，自然不懂得如何愛子女。父親成天在外面遐逭，連抱一下孩子也不肯，有錢自己偷吃點心，對孩子一毛不拔。但他每到我住的城市必來看我，只要給他一點零用錢，高興得像孩子。大弟過世那個過年，家中景況淒涼，爲怕觸景生愁，我帶他們到澳門過年，異哉！母親送我她最愛的翠玉珮，父親請我看脫衣舞，門票就要一百美金。父親從未如此闊氣，他第一次送我的禮物還眞是奇異。母親原有幾盒珠寶，自從弟弟病倒，再也無心打扮，珠寶早都分給我們幾個姊妹，我知道玉珮是她最愛也是最後一個了，翠綠的玉珮雕工精細，鑲在骨董琺瑯銀雕上，不知前朝哪個貴族所有。母親曾經爲了遺失這玉珮錯怪我，那時差點割腕自殺，現在她親手把它戴在我的胸前說：「今年你犯太歲，戴上這塊玉可以去邪。」我心中嗚咽，坐在豪華的賭場戲台下看脫衣舞，美得像假人的西洋舞孃幾乎一絲不掛，在沙漠中，水底下，冰原中火辣表演，有情境有氣氛一點也不猥褻，美人魚在水中游這是怎麼做出來的效果，我看得目瞪口呆，這一百塊美金還眞正値得，節目結束燈亮，父親與我交換會心的微笑，表示他的情色境界不俗，母親卻歪著頭睡著了！

母親眞的老了，車到大三巴，看到一片廢墟遠在長長的樓梯之上，就說要在車上休息，她光著的腳伸到前座呼呼大睡，在五星級大廳不管他人注視，遠遠大聲呼叫我的名字，我恨不得鑽地洞躲起來，還不過多久以前她是文雅細緻講究禮儀的人，如何現在老是倉皇失措驚呼女兒名字？大年夜坐船到香港，不得了，街上人擠人，比戰亂還恐怖，警察全員出動，我們各自被擠在人潮中動彈不得，沒想到香港人如此瘋狂，人人拿著紅包出來血拚，百貨公司整晚營業守歲，我與父母被人潮擠散，哀哉骨肉離散，最後在販鞋部父女重逢，人人都在搶鞋，父親站在一雙鞋前不肯離去，我掏出錢來，爲他買了那雙鞋，又給母親買一雙費洛加莫，母親說也給你妹妹買一雙，你自己也買一雙，就這樣不知買了多少雙鞋，過年夜我們都變成買鞋狂。

我懷念那個晚上，母親還會走會買，隔不久她已然不能行走，父親臨老愛漂亮，現在買新衣給他，他也不會開心了。爲了兩個弟弟，他們如喪家之犬，無臉面做人。遺民之子的命運難道就是根爛心碎？

S，你死後母親再不敢到你家，沒有你的經濟援助，他們的生活不知要淪落到什麼境地。一個遺民之家衰微了，還有多少遺民之家沉落在這多種族之島？你遺留下什麼呢？一堆美衣美鞋美包，想必都燒了，只有幾件我陪你去買的骨董瓷器還擺在客廳架上。這幾個你把玩過的骨董，算是你最好的遺留，我彷彿還聽見你對美的讚嘆。

父親寫給我的二十頁回憶錄，說明一個缺少愛的孩童，如何變成慳吝的父親，自慚形穢的鄉下知識分子。在四〇年代，父親被WHO送進台大公共衛生所碩士班進修，也參與了模範村的建設得到獎勵，爲何年紀輕輕已然了無大志？他記錄在一次選舉中無法阻擋手下作票，被「賊仔政府」提起訴訟，爲此驚恐不已，躲進祖靈世界的模範村，不敢再有作爲。父親還爲年幼時沒有人爲他準備便當耿耿於懷，爲讓吸毒的弟弟得到解脫，祈求祖靈讓他自殺而亡，沒想到祖靈如此靈驗，終將祈求成眞。眞的嗎？我們的一切作爲果眞祖靈暗中安排？

如果每個人皆有祖靈，S，你的祖先遠在海的那一邊，也許在無數的戰亂遷徙中早已魂飛魄散，沒有祖靈的庇佑，你活得孤單無所皈依，只有在宗教中尋找心靈寄託，你喜歡聽道接近法師，也暗中濟助貧苦的人。有人說你自私而貪，其實是被自己的娘家所累，你才是一家之主，要養一大家子人，那是你僅餘的一點根苗，雖然它不能給你指引與力量，你抓住它像快飛走的風箏，一路跑一路追，逆風而行。

我的父親留給我一堆家族史，那亦是我的根苗我的風箏，父親的一生不算白活，雖然他說自己是無名之輩。在戰後高屛地區瘧疾肆虐，死亡率高達百分之三，父親與WHO整治瘧疾，短短幾年內死亡率降至百分之一，又建設樣子里爲模範村，也算對得起鄉里。他雖無反抗精神，也算不得什麼英雄，但他亦是我的根苗我的風箏。我長得最像他，我們都是苦瓜臉，不知從哪遺傳的哀感頑豔，不爲小祖母所喜，在情感上創痕累累，我這輩子只寫了一些無益民生國家的文字，又有何名聲何地位？是的，我的根苗是如此哀感頑豔，你的根苗如海上仙山虛無縹緲。在這分崩離析的年代，誰有碩大的根源？守住這微微一線香，而我們終究要往前奔去，時代推著我們前去，我這新朝子民，民國女子，將來也會被後浪推翻，後浪推前浪本是生命現象，縱浪大化中，不喜亦不懼，又何必惆悵？

S，你的父親留給你徹底的虛空，你留給兒女一句遺言：「多多幫助別人！」人生沒什麼大道理，最後頂多講一句，那一句才眞正代表你自己。

我們不斷移動遷徙，最後聚集在這高山青澗水藍寶島，多難得的緣會，女子的遷徙如落花飄零，我們逐愛而居，匯集成愛的溪流，溪流不盛，然愛意無窮，這是女子唯一所有，她用愛寫成歷史。

美神哪！我要經歷你！

S，不知從什麼時候開始失去旅行的欲望，轉而在城市中不斷遷徙。二十多年來附著於一座校園，活動範圍不超過方圓五百公尺。那裡眞的可以終老，有附設幼稚園小學中學，讀完大學有研究所，研究所讀完也許有書教，每個學生都是學弟妹，退休後住退休宿舍，老病時校前有大型醫院，不幸醫不好，醫院旁有花園公墓，如果錢多的話，可以要求種兩行樹。一生就在方圓五百公尺過完，我的上一輩，上上一輩都是這麼原地打轉度過一生。

前不久，研究室隔壁的隔壁，那個還來不及認識的教授，某個早晨送完孩子上學，開車到鐵砧山，吊死在其中一棵樹上。那時研究室前的木蘭花開得正燦爛，我常看著如白蓮的花朵發呆，爲什麼是鐵砧山？也許就爲了突破那方圓五百公尺，那山那樹起碼在五公里之外，也不能太遠哪，魂魄回不了家！每回經過他的研究室，一種寒冷似同感似洞明從背脊升起。

設計自己的生活和死亡，而不是被設計，就是緣於這生死同感與洞明吧？我的朋友紛紛在四十五歲之後，遷徙並放棄他們原有的生活。

朋友一，是離不開媽媽的寶貝女兒，五十末到提早退休，在爸媽的隔壁棟買了一層樓，她說：「我要學習獨立，自己一個人吃飯。」這可累壞她的母親，要爬雙份五層樓梯；朋友二，在美國生活二十年，忽然辭去高薪工作，在上海買一棟房子，卻去學日語和廣東話，但她最喜歡台北，因爲那裡有一群有趣的朋友，有燒餅油條和誠品；朋友三，住在人人羨慕的大安公園之旁永康街上，卻跑去五台山修禪。這樣地使性子漫無章法，也是爲了掙脫那方圓五百公尺吧！

S，朋友們流行打千人禪七，我避之唯恐不及。靈修是好，但不可集中營化，以前的禪師最喜面壁獨參，大概也覺得牆壁比人可愛。只要一顆活蹦蹦的心在胸腔裡，哪裡都打得。我偏往繁華裡頭鑽，住靠近市場大馬路與新光三越爲鄰，屋內洞然無物，僅書兩三本，室內植物六七盆，蘭花、腎葉蕨、黃金葛，種在破罐裡，依傍竹籬笆，尙有竹簾半捲，古瓶一尊，電腦一台。這也算不上什麼風什麼流，就是換個人過日子。

不再以校園爲中心，可以胡作非爲，反正沒人認識。沿著上石埤頭散步，兩排黑板樹長得極好，用餐則到新光三越地下室，Starbucks的起司派也不錯。附近有室內游泳池，每次游五百公尺。散步回來順便買低溫冷凍黑鮪魚生魚片和啤酒當晚餐。昔日京都祇園聚集一堆文人雅士，喝有美酒，吃有美食，行有河流路樹，偶爾到古寺當兩天和尙，均衡的生活培養出的作品，散發飽滿的力度與美感。其中就有川端康成，如果沒有精緻的生活爲背景，如何寫出優雅如古瓷般的小說。他的長篇多是一章一章分別寫出和發表。中間的休息時間大概是在喝酒看戲住旅館。

S，我不嚮往祇園浪遊生活，只是想過跟以前不一樣的生活。

這一帶以前是軍事重地，附近還有些舊眷村，物價便宜得像印尼，可不是，街上常有印尼面孔遊走，路過總司令部，憲兵守衛鬆散，路面上爬滿小紅龜子，蟬叫如瀑。你去買盆栽，一盆五十，一件襯衫九十九元，雞一隻一百九，誤以爲身在南洋，雞蛋花靠著電線杆，鳳尾竹擋住騎樓通道。時空錯亂，你從今生爬回前世。

S，你跟我說許多法師的故事，法師在北國雪鄉與日本人打禪，窗戶嗝吱嗝吱響，雪堆到窗戶上，每個人坐得寂然如死，他心想：「日本人這麼耐寒？我這台灣人快冷死了。」晚上睡覺棉被小得離奇，他形容自己是「甲由申」，棉被往上蓋露出腳，往下蓋露出上身，蓋肚子則頭腳不保。他看日本禪師還用雪水洗臉洗澡，心中急得不得了。禪師露出人性，這是藝術了。

法師沒名號，姑且稱之「無名法師」。

最近去整脊，才知道脊椎這麼容易受傷，這時代有這麼多脊椎受傷患者。整脊師是個很有風格的基督教徒，他唱聖歌必打鼓，像伍佰那樣用台語嘶吼：「你是我的上帝，你是我的心愛的。」我被感動了，決定加入他們的禱告。以爲是大家雙手合十跪在地上安靜禱告，不是這樣嗎？結果是將我的頭按在牆上，許多人的手按著我的肩，整脊師像戴老師一樣帶動唱，一面指揮一面唸誦，反覆唱了不知幾首聖歌，他們都陷入迷亂中鬼哭神號，然後要我說出我的罪行，及受過他人的罪行，並一一寬恕。狂熱的儀式驚動街坊鄰居，我以爲他們是來抗議噪音，結果是加入禱告，這一帶居民大約都受過感召。我被許多隻手按得快與哭牆結合爲一，淚汗齊流，以爲身臨耶路撒冷。一般會昏死過去我卻沒有，據說那代表聖靈的降臨，邪靈的降服。我的沒有昏倒證明我的心多頑劣。

還是喜歡聽他打鼓吼歌，心中明白我能進入美，卻與聖境無緣，自由的心是不能被鞭策的。然而自由的心通往何處？虛無的盡頭是什麼？日日我焚香薰蚊子，澆花灑掃面壁思過。痛苦的意義在於發現自我的缺陷與有限，佛陀的涅槃，尼采的意志與超越，雅斯培的界限情境，都將人的靈能推至極致。然而寒風頂上僅有你一人，那又離人間太遠了。我寧可選擇游離，像某種飄游植物，不黏附，不絕對，不從俗，但與曠野零露同在，與伍佰的嘶吼同在，並樂在發現於新發現，拋棄一切所能拋棄。

我們的心就是裝太多知識、欲望、創傷才會痛苦。克里希那穆提形容自己像破瓦罐，裝什麼漏什麼，這句話深得我心。他原被視爲活佛，卻不斷揚棄教團，儀式，剃度，法衣，最後只剩下愛和覺察。這又回到那顆活蹦蹦的心。最讓我們痛苦的是那顆心，最讓我們喜悅的也是那顆心。

S，你說這次無名法師來到紐約行腳托缽，看看路邊躺的流浪漢，捲著毛毯，等著人投錢到他的紙盒裡，再看看自己，也是一捲布，一碗缽，他想我們景況差不多，就坐到他的旁邊。不久他走進佛寺，信眾紛紛拜倒在他的腳下，法師說：「不要拜我，去看看大街上。」

我種的植物紛紛死去，朋友勸我不如放棄，不是綠手指就不要摧殘生命。我買來植物栽種百科全書，決心克服這不可能之任務，園藝將是我人生中最重要的修行之一。它完全暴露我的缺點：疏懶，沒耐心，不負責任，貪戀美色。挑都挑那花美難種的植物，常忘記澆水給它陽光，一盆還未照顧好，又去買一盆。那都是生命啊！有一盆開花金黃的植物，還來不及記住它的名字就萎死了。如今只剩下一盆黃金葛和荊棘蔓綠絨，也接近凋零。我幾乎每隔半天就灑水一次，又一再拜託它們活下去。過了幾天漸漸地恢復生機，幸好沒放棄，這也許是它的二度生命。尚・雷諾飾演的亡命殺手，帶著一盆植物走天涯，每天一片片葉子擦拭一遍，澆水，再放到窗檯上。這程序是對的，我看得目不轉睛，眞羨慕那盆漂亮的盆栽，且不管主角死得有多慘。盧貝松眞懂得美，妖豔的十二歲女孩，對殺手說：「我想我愛上你了。」爲了這句話，他願爲她賣命。殺手死後，她把植物種在大地裡。看到這裡令人心碎。

「植物也有感知，如果點火靠近玫瑰，玫塊會顫抖。」法師說。

我的蛋糕手藝比園藝好多了。如果把蛋白和蛋黃分開打，蛋白成肥皀泡沫狀，體積大三倍，蛋黃成奶油狀，體積大兩倍，加上麵粉和成麵糊，不用任何發酵粉，即成鬆軟好吃的戚風海綿蛋糕，雞蛋的二次生命如此神奇，每個廚房住著天使。我相信一次生命無意義，二次生命具有無上意義。

人能設計自己的生活和死亡，即是死中求活的二次生命，歌德失戀欲自殺，將遺書寫成《少年維特的煩惱》，讓自己在小說中死去，在現實中重生。徐文長生活坎坷，在精神錯亂中拿斧頭劈自己腦袋，把鐵釘打進耳朵，沒死成，一隻枴杖一壺酒一隻老狗度過餘生，卻留下許多不朽的作品。生要在死中求，那曾與死神交會的，最知道生是什麼。

聖人說：「未知生，焉知死。」他的意思其實是：「未知死，焉知生。」

人之所以怕死，有一部分原因是怕痛。去年我有一次瀕死經驗，在行走中，一輛貨車迎面撞來，閃躲不及，我的身體往後栽，眼前都是白光，心想大概完了，後腦著地並無知覺，醒來時痛得不斷哭喊。大概人在危急狀況，意識會自動調整，讓痛感降至最低。哪些橫死的人，也許還不知痛就死去。這就是爲什麼許多宗教反對自殺，皆因清醒的意識，讓痛苦無限延伸。向醫生朋友求證，他也說將死之人大多不省人事，什麼都不知道了，哪來的痛？如果死亡不痛苦，何懼之有？能感知痛苦的心，也能感知生之愉悅。只要活著，有意識地活，有美感地活，而覺察與美感都需要一再創造，一再更新。

S，你說，最後無名法師來到河邊，脫光衣服泅進水中，死亡的漩渦捲住他，他不掙扎也不畏懼，與波濤共浮沉，最後他被沖走，在河的下游浮出水面，看到月光，並聽見自己的呼吸聲和心跳聲，恍如新生。

還子

「孩子，我不得不走，又不能帶你走，我把你還給父親，你姓他的姓，我搶不過他！」

「我又不是你的東西，憑什麼要你還，要你搶？我是我自己的。」

「你是我生的不是嗎？你只能選擇跟我，或跟你父。」

「你讓我選了嗎？都是你在說在做決定，你不是還，是拋棄！」

S，我常被這樣的對話從睡夢中驚醒，孩子的怨懟，質疑，一字一句指向我的自私。母親愛孩子，卻怕被黏上，總是把他們推開，母親的自私，孩子深深了解，隨時他們口中會吼出：「壞媽媽！」

養孩子讓母親碰到底限，人可以不吃，但總要睡吧！孩子彷彿背後長眼，一看你要偷懶，哇哇大哭，於是只好不吃不睡，成天抱著他，瘋女十八年，每個母親都差不多，但我只瘋了十年就逃走，逃走後又瘋狂地想念，拋不開放不下，瘋另外一種瘋。S，我可以了解爲什麼你把剛出生的女兒送回娘家，一直到上幼稚園才接回來，實在是精疲力盡，一年生兩個孩子，只有犧牲女兒。她被南方的太陽曬得又黑又瘦，穿著大紅大綠與你母親一般，滿口台語，你嫌她村俗，不讓她親近你，只疼愛兒子，令他越來越驕橫，你的兒子會當眾讓你難堪，把你的提包丟到垃圾桶，一面喊著，「壞媽媽！壞媽媽！」你對他的忤逆總是過於包容，兒子是生來纏娘磨娘的，相對地，你的女兒過於乖巧，從來不用你操心，也許她用這種方法爭取你的愛。我覺得你對兒子的愛過多，對女兒卻過少。

你的女兒也許爲吸引你注意，出落得越來越漂亮，還記得那年夏天帶孩子到宜蘭冬山河玩，他們穿著泳衣玩水，男孩子還像幼獸一般野，你那才九歲的女兒，婷婷裊裊站在水邊，恍如秋水伊人在水一方，連你也不禁喟嘆：「看我的女兒已長成小美人了！」這麼令人憐愛的小女孩，功課又好，舉止溫柔貼心，但你還是偏愛兒子。我爲你的女兒不平，你卻老爲你兒子辯說。於是我們一邊是「女兒派」，一邊是「兒子派」，吵嚷不休。我早看穿「兒子派」的悲劇性。母子相互掩護共謀，結果是爛到根裡。

我的母親生下五個女兒之後，不知在神前下了什麼毒誓，奇蹟式地生下兩個男孩，因爲女孩還算自愛，她以爲孩子可以放任不管，對那兩個男孩特別放任溺愛。記得大弟不滿一歲就被母親抱著出國遊玩，日本苦寒，母親訂做海狸皮草大衣和帽子，像好萊塢影片中的明星，弟弟穿著進口灰色的毛料套裝，可愛嬌貴得令人想咬一口，母親和弟弟走了，留下我們五姊妹，我覺得抱著弟弟離去的母親好陌生，如願生兒子的母親，彷彿二度青春，常像女孩子那般嬌笑，那年她三十五。

結果不用說，不但兒子慣壞了，還教壞母親，錢明來暗去，才二十歲支票任他開，像無底洞一樣，沒幾年家中積蓄已掏空。母親還不斷掩護他，爲他辯護，說很怕他被債主砍死。我沒有指責母親的意思，只是爲他們鎖鍊般的關係感到悲哀，一直到弟弟變成半植物人，不論送到哪個療養院都被退回，弟弟發瘋時好可怕，只有母親忍受得了。把屎把尿又回到嬰兒時期，弟弟臨死前說了一句有良心的話：「媽媽！原諒我的不孝，我好愛你，下輩子再報答你！」說完即昏迷不醒。母親千求萬求來的兒子，折磨她三十年整，終於還給上天。是向天借來的孩子，就得歸還。

S，我老把「孩子」打成「還子」，可不是孩子長大就得歸還他們自己。你說，我不怕死，只是放心不下孩子。對於我這個失敗的母親，早把孩子還給他父親，日日在罪惡中度日，我能夠了解你的苦心。臨去之前你一再囑咐孩子要多多幫助別人，當這句話從你兒子口中說出，令人眼熱心酸。

現在沒有人比我媽更怕兒子了，她十分拒絕小弟接近，小弟怨怒母親只愛哥哥，做出種種乖戾之事，母子的心結又是另一種惡性循環。我在大弟死後不久離開夫家，沒有極力爭取孩子，令他恨我至今，只因爲害怕打官司，對快要邁入青春期的孩子沒信心，報恩的仙子，在生完孩子，就要離去，她留下兒子，當作報恩之身，寧願母子相望，也要歸還父權社會規定的一脈香煙，這是什麼心理呢？

我相信兒子絕不能忘了我，我們曾經緊緊相依，他長得多麼像弟弟，有時看著看著十分害怕，我會繼續癡戀他寵溺他，以至於慣壞他，像母親一樣，看不見兒子的缺點，然後緊緊相纏到死。我寧願他留在父親身邊，學習做一個男子，但也不要太男子，他們家的人會盡量善待他，只怕他被我搶走，而他的心早就給了我，早在我的肚腹，他的心跳呼吸血肉都是我的，早在他知道愛人，第一個愛的人是我，早在我教他寫字讀書，他的文字刻鏤的是我的名字，早在早在……，S，也許這只是自我安慰，孩子早忘了這些，他只知道母親棄她而去，父親把所有的愛給他。

我做了多麼可怕的事，這不但是男女對決，也是父系與母系的對決。

白蛇即是母系社會的代表，是人類更原始更暴動的根源，法海代表的父系社會，終究要來消滅她，她顧不了兒子，因她已被父系力量鎮壓，而孩子一定會來尋，父系與母系對決，最後贏的是孩子。他才是這場對決的裁判，他孝養父親也解救母親，他是新世界的主人，他的愛新鮮廣大，沒有分裂，沒有缺憾。

S，我逃出父系家庭，認同母系，然而我的孩子會不會來尋？不管如何我們總是得歸還，你在兒子十八歲時將他歸還自己，而他思慕著你，口口聲聲媽媽說，只有你的女兒超乎尋常地靜定。在你生病時，她在身旁貼心陪伴，你雖然說女兒貼心，但最丟不下的還是兒子。你走後不久，我終於來到你面前，爲你撚一把香，答應你照顧你的兒女，一些日子不見，你的兒子變得好帥，神情說話完全像你，女兒戴牙套，看起來過於瘦弱。我帶他們去吃飯，你兒子三兩下把盤子裡的食物吃個精光，接著開始吃妹妹的，她幾乎沒吃什麼，我似乎看到他們的未來，哥哥沒錢找妹妹，闖了禍也找妹妹，妹妹會努力賺錢讓哥哥花。

你走後，他們表面上看來鎮定，兒子大考失常，精神頹廢，整天找人哈啦辦轟趴，女兒每天沒日沒夜上網，還把舊衣服拿出來拍賣，常忘了吃東西，人瘦到圓臉變瓜子臉，她的心中很慌張吧！不知爲什麼跑到墾丁玩三天，才十七歲的女孩從台灣頭跑到台灣尾，睡在凱撒飯店昂貴的羽毛褥上，她在尋找什麼？母親成長也是她成長的南方故鄉，或許是童年你帶她在凱撒住了一夜，那一夜她獨享你的愛，並有一床昂貴的羽毛褥。

S，我過早地把兒子還給他父，提早進入空巢期，那空惘難訴說。朋友們大約在五十才進入空巢期，那也正進入更年期，兩病相加，十分嚴重。首先是愛哭，看悲情影片哭，看喜劇片也哭，連看廣告也哭。然後是失眠，失去價值感，老覺得死期將至，四十歲的我早已如此。怪不得有些人寧願不生小孩，人一旦有了自己的小孩，一味忘我地付出，在家庭中建立制度規矩，男人越來越像老爺，女人越來越像老媽子，不復年輕時的雄心壯志，好不容易築好巢，乳燕已長大，紛紛飛走。所有的生物難能逃脫此輪迴。

我們遲早也要把自己還給天地，因爲我們也是人子，天地生生不息，無生無死，無來無去，死亡與出生相接，孩子早在出生時即告訴我們，嬰兒經懷胎九月而降生，出生時眼神渙散翻白，與死者彌留時無異。我第一次見到我的愛兒，嗒然若失，他一如臨終之人，眼神失焦，且表情呆滯，他看不見我，感受不到我的愛，我爲此憂鬱嚴重沮喪，不是說初生兒能立即認出母親嗎？抱著如同小機器人的他，我的能量盡失，他只會在飢餓時哭，接著吃，大部分時間在睡。慢慢地他活過來了，會對你笑，轉頭看你，但得等三個月，才會看見你期待的寶寶。

S，人在什麼時候知道自己將死？懷胎需九月，死亡是不是也要經過九個月的劇烈崩解，三個月的彌留？事實上，人在一年之前就會知道自己將走，人的意識如夠警覺，會發現自己正在崩解中，你走前一年我去看你，你說：「我已準備好，隨時面對它！」是不是你已了然在心？

我們初識時，我的兒子剛出生，你的兒子兩歲，女兒一歲，他們玩在一起，很奇怪地，我主動提出認你的兒子爲義子，女兒爲義女。我從不喜歡乾兒乾女那一套，但我拿出母親送我的老玉珮掛在你女兒脖子上，你欣然接受，並沒認我兒子爲義子，這樣也好，你走得如此早，豈不讓我兒子心痛死。原來，一切早安排好，你先瀟灑地離去，留我來照顧你的兒女。

經過六七年的分離，我的兒子長成斯文的少年，前一陣子見到他，偏瘦長的臉，一雙向上揚的鳳眼，細長的個子，頭髮抹了髮膠，一根根往上豎，樣子變好多，我已兩年不見他，他現在長得像我表弟，不像弟弟，兩個弟弟遺傳舅舅，性情偏激瘋狂，表弟憨直具幽默感，常說外甥似舅，我最怕這點。本以爲我會哭，沒想到在輔導室笑得好開心。他的襯衫拖到褲子外頭，露出裡面的白T恤，有種灑脫的味道。正是開始愛美的年齡，我讚美他變帥了，在一旁的老師不以爲然，孩子卻得意地笑了。

「孩子，我後悔沒爭取你。早知道會跟你如此疏遠，絕不放開你！」

「太遲了！我已與父親融爲一體，誰也不能把我們分開。在這世界上，我只相信他，他也只相信我！而我不相信你！」

仙女把孩子歸還恩人父親，會常常回來看她的孩子嗎？好像都是兒子往仙界魔界去尋母，因爲母親不是被惡魔困住就是被關住，如白蛇被法海困在金山寺，《寶蓮燈》中的仙女偷取寶蓮燈，下凡與書生相戀，生下孩子，惹怒二郎神，將她困在華山中，她的兒子沉香練就一身武功，救回母親。又目蓮母親在地獄中受煎熬，目蓮走遍地獄拯救母親。母親大約是糊塗的，在生孩子之前，她或許聰慧，或許精明，做了母親，就難免變成昏君，事事袒護包庇，母親被父權社會驅逐懲罰，只有兒子能救她。是這樣嗎？孩子是我們肉身分出去的骨肉，是眞正的另一半，更好的另一個自我。我們以孩子作爲替身，而他正要變成冒險英雄，趕走怪獸，尋找金羊毛。神話中少有救父的故事，倒多有叛父逆父的故事，如哪吒刻骨還父，剮肉還母，孩子不管是救母，還是逆父，他們終究要歸還自身，做他們自己。

S，有一年聖誕，你帶孩子來找我，社區正好舉辦化裝晚會，我把兒子打扮成機器人，你的兒女太倉促只胡亂纏個頭巾，拿隻寶劍，在會場上走一圈，三個人都沒得獎，只撈到一個氣球。氣球也好，我的兒子沒抓牢，氣球飛了，張開嘴大哭，同事兼鄰居，馬上去找另一個氣球來，這才停止哭泣，她說：「他好寶貝哦，一不小心就會碎！」的確，我把兒子當寶貝般養，打扮得漂漂亮亮，正在步我母親的後塵而不自知。

母親對兒子的癡，有時勝過對情人的癡，我的女友只要晚一點回家，兒子會抱著枕頭在門口等她，她看孩子打球，可以在一旁看到發癡。兒子是母親的小情人，這不是祕密，文學家心理學家早說過，這種關係令人感到害怕，所以許多母親逃家，徘徊又徘徊，悵望又悵望，終於放棄，寧願留給父親，是這樣嗎？

神話中的孝子賣身葬父，孝感動天，仙女以身相許，但她生下孩子，編好羽衣就要走的，她就要走了，好狠心的娘，但她非走不可，再留下來，孩子會長得比氣球還輕，一不小心就會飛走。

S，請你放心，你的兒女會帶著你最美好的影像勇敢地走出自己的人生，在他們心目中你完美無瑕，固著於三四十歲，永不衰老的母親。相信我的兒，也停留在十歲，母親離去的那張臉，眼中淒楚嘴角卻有一絲微涼，冷如玉雕觀音。

瞳人

你的眼瞳如探照鏡，我的影像在你的瞳仁中小到不可思議。那裡有一個瞳人，一個微微小人，我也可以感到你在我的瞳仁中越變越小，直至消失。

記不清多少次我們相對談話，我很少看你的眼睛，一般人大多是這樣，不是看對方的服飾、髮型，就是嘴唇。你有一雙嫵媚的狹長眼睛，嘴型卻歪七八扭，唇線模糊，看不出唇型，但屬於大的那種。破碎的唇顯得淒涼，更顯出你眼瞳的靈氣，縱使在地下，仍熒熒看著。

我的右眼球有一塊黑斑，像是另一個瞳孔，難道我是舜的後人，有著重瞳異相，當我還爲自己的弱小趕到自卑，常在鏡中找尋那另外一個瞳孔，然後告訴自己：「你是特別的，雖然你看起來平凡而普通，但你有一個聖人的印記。」

眼睛的構造多麼奇怪，像魔法師的水晶球一樣，可以看見你想看見的一切有形事物，我們看山看水，看戲看人，執著於那看得見的，不相信那看不見的，我們的世界大半由眼睛決定，視覺遠遠凌駕聽覺味覺嗅覺觸覺，難道在我們的五官中，視覺獨大嗎？所謂五色令人盲，色即是空，視覺是最飽滿也是最虛空的。

我們總是在看，而不願用心去體會世界，甚至聽覺嗅覺味覺都麻木了，眞的是麻木，看完《香水》那幾天，每樣東西都拿來聞，書的紙味油墨味（多麼熟悉又多麼陌生），衣服的布味（洗衣粉的味道好香），手指的味道（五味雜陳），手錶的味道（不鏽鋼難聞皮錶帶好聞），原子筆的味道（奇怪竟是如水般無臭無香），用嗅覺認識世界如初生小兒，那幾天彷彿擁有二度生命，等聞累了，又回復無香無臭的狀態。原來嗅覺最容易疲憊，我們的麻木即是疲憊狀態。芝蘭之室久而不聞其香即是如此吧！

同理，聽覺、味覺、觸覺也容易麻木，只有視覺可以久看不厭，「看」最自然，最持久，但也最容易退化，老從眼睛開始，眼神，眼尾紋，眼皮，眼窩，眼睛最容易暴露一個人的年齡，一個五十歲的女人可以擁有三十歲的肌膚，眼睛只能是五十歲，她看過多少人事滄桑，多少春花秋月，都會記錄在眼睛的瞳孔中，那裡保有我們一個人的電影，記錄著你的生命痕跡，那是一個神祕的鏡頭，見到心愛的人事物，會自動放大，閃著火炬般的光，將它納入永恆。

S，然而什麼是永恆呢？

原始人在彼此眼中看到瞳人，尤其是發狂的敵人，迎面撲來的野獸，以爲是神靈或鬼魅，因而不戰而敗，或驚慌而逃，他不知道那是他自己。法老王在石棺上刻著鷹神赫魯斯或太陽神的眼睛，透過這對眼睛，死者可以觀看人世，並獲得永恆的生命。

有關永恆，S，記得我們曾去拜訪一個專門收集糞金龜，也就是聖甲蟲的研究專家，在古埃及聖甲蟲將大象的糞便推成一個大球，並在糞球下產卵，許多幼蟲從土堆中湧出，因此被認爲具有重生與永恆的力量，推著圓球的糞金龜被視爲太陽神的化身。在金字塔及古埃及的文物中發現大量聖甲蟲的圖騰。

那個研究者住在西門町的老公寓，不能想像西門町可以住人，在陰暗的光線中，他拉出一抽屜一抽屜的糞金龜標本，小至蜘蛛那般大小，大至一個拳頭，顏色從黑到粉紅、螢光綠、螢光藍，顏色美得像是玩具，成千上萬的聖甲蟲，來自世界各地，散發著螢光的聖甲蟲，從土中重生，擁有牠便擁有永生的祕密。

被做成標本的糞金龜，在黑暗中發出神祕的亮光，牠們眞的死去了嗎？也許有一天會走會動，一隻隻從抽屜中爬出來。我對那收藏家的情有獨鍾，開始有一點了解，他一定先被聖甲蟲的神話吸引，然後是法布爾《昆蟲記》，對牠們獨特的生物習性感到好奇，他像探險家一樣深入非洲、澳洲等不毛之地，到處尋找糞金龜的蹤影，尤其是稀有的品種，爲此他犧牲婚姻，以至童山濯濯，得了腦瘤還無尤無悔，也許聖甲蟲身上有著致命的病毒，年深日久讓他得腦病也說不定，但他追逐著聖甲蟲像夸父追日，生命的奧祕越是深入越難自拔，也許在某一時某一刻他與聖甲蟲合爲一體，並獲得永生的奧訣。

神話中的瞳人，也就是太陽神之眼，傳說人類觸怒太陽神，祂派遣太陽神之眼到人間探看，並降禍於人間。遠古之人，或者看到死者怒張雙目，那雙眼睛似乎瞪視人世，故而創造眼睛之神以代表不朽。五姑婆死時，我不小心看到她在白布幔中怒張的雙目，幾乎要停止呼吸，夜夜睡在她生前睡的席夢思床上，死亡是那麼巨大且恐怖，壓得我直往下沉。我總感到死者沒有離去，還在她的房中徘徊，睡在我的身旁。

S，我從無靈視或見鬼的經驗，那次的經驗只是驚嚇過度，死亡代表的腐朽與悲痛與分裂，令人驚恐，到現在我仍逃避任何葬禮。我相信心電感應或容格所謂的同時性，也相信靈魂世界如同潛意識世界那樣廣闊無邊。天堂與地獄，天使與魔鬼皆是我們潛意識的投射物。容格喜歡石頭，並在石頭上刻字，刻一個眼睛，眼瞳中央是一個小小的侏儒，他是瞳人，也就是你自己，你在別人瞳孔中看見的自己。石碑上寫著：

時光是個小孩——像小孩那樣玩耍，玩著紙牌遊戲，是這個小孩的王國，他就是泰萊斯．福魯斯，在宇宙的黑暗地區到處游蕩，在最深處像一個星子閃閃發光，他指出通往太陽之門和夢幻國度的大道。

我們的內心住著一個小孩永不老去，那是瞳人，另一種永恆，你常說：「我們去玩耍！」那樣子就像一個小孩，見到不喜歡的人裝乖，他走後吐吐舌頭說：「好累啊！」每天玩到很晚才回家，是眼睛中的小孩，要去玩去看，必須把生命的膠捲塡滿，然而生命的膠捲是這麼長，在我們死後，它依然在攝錄罷，從我們不知道的遠古，攝錄累世的風景，以故我們有時到從未到過之地，卻有似曾來過的感覺，譬如那條兩旁有樹的綠蔭小路，還有那座紅磚造的古樓，好像在那裡發生了一些什麼悲劇或喜劇，那是眼睛的記憶，它只記住形象，卻忘了記住內容。所以當我們遇見似曾相識的人，不知是情人或仇人，也就這麼碰上了，需要一段時間才能顯現因果，有時明明是情人，一夕翻臉爲仇人，命運之神只負責安排相遇，並不安排解開死結，於是一切愛恨情仇，永世無解。

還記得我們在學者戲院後面的四面佛寺，用白色的蘭花供佛，這佛從東南亞傳來，聽說十分靈驗，離根散葉的外勞齊聚在這裡膜拜，香火很盛。我們也是離根散葉的女人，撚一根香被擠到角落，小小的廟擠滿人潮，到處是白花，有供著的，有做成花籃花架的，我們拜完各求一個籤，內容大約很合你意，那時的你事業正在頂峰。我們在冷得發抖的戲院中看《天堂的孩子》，裡面的兩個小兄妹很可愛，劇情很感人，走出戲院我們興奮莫名不斷討論劇情，你突然說：「我不要活得很老，六十歲就好！」我說：「嗯！六十正好，不太老，該經歷的都經歷了！」那時你正精進地讀佛經，參訪西藏會見大法師。你總有法師來度你，可惜他們對你的病並沒做出很好的建議，延誤求醫的結果是病入膏肓，病中你說：「我只要再活幾年，陪陪孩子就好！」每個禮拜你到佛堂點了一盞又一盞酥油燈，爲許多人祈福，卻忘了爲自己祈福，才不過一年你就走了！你才四十幾，才說過要活到六十，並在佛前祈求，然佛自有主張，原來生死有期，更是無解。

我們眼睛中的那個小孩，什麼都看見了吧！看見我的丈夫對我們的詛咒：「你們一個個將不得好死！」他曾經以柔情包裝他累世的仇恨，而不知在哪一代哪一世，我們結下深仇大恨，於是又讓我們狹路相逢，眼中的瞳人，你都看見了嗎？詛咒眞的實現了！

在短短的兩年間，我們如遭天打雷劈，你喪失了性命，我也死過一次。但願累世的仇恨就此了結，但願你我可以進入太陽之門，永遠地沉睡在夢幻的國度。不再睜開眼睛看這世界，凡是該看的都看過了，緊緊閉上眼睛，尋求另一種永恆。

如是，你閉上的眼中有蒼茫夜色，斑斕銀河，有啓明星，有忘川水，有花非花，霧非霧，而我是武陵人，遂迷不知路矣。

二

搜尋

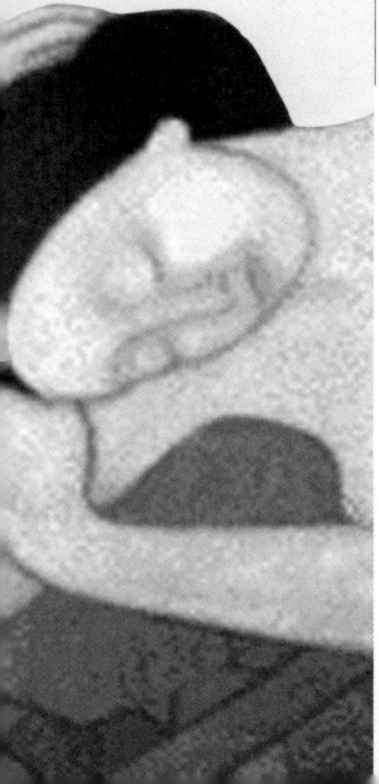

關鍵詞1：密碼

楓港

楓港，這個地名好熟，但我確定沒去過。每回聽見，恍惚看到楓林晚霞且有風聲穿越。

有些地名是有景物有召喚的，譬如白河、車城、恆春、摩納哥、古巴……，越是不可能去的地方越具有磁力，它們像一組密碼，一幅星圖，顯示不可知的奧義。有一天你終會應它的召喚而去。

這個夏天我終於去了楓港，位於台東與枋寮、恆春交會處的小鎮，沒有楓林沒有風聲，也已不是個港，只是大武山下的小山城，它原名風港，乾隆年間有官員巡視至此，吟詩一首：「深谷鶯啼綠意濃，水村山郭酒旗風，我行誰來報港楓，旋擺旌旗一路紅。」遂名楓港。可見當時的清朝官員也是尋楓無楓，誤把風港當楓港，可偏偏要一路讓人誤會到今，來楓港就得先陷入這迷惘。

這裡是外祖父的故居，曲曲折折找到從未謀面的表哥，年已七十幾，他是阿崁姑婆的孫子，守著一間小破廟，我們坐在矮凳上面向外面小路，談著外祖父生前種種，小路從大武山迤邐而來，他喜歡來這裡打獵，就是沿著這小路上山，牽著心愛的獵狗，手中拄著拐杖，隨時準備敲打晚輩的頭，他正朝山路那頭走來，活極了！人會在記憶中死而復生，如果有前生我必定來過，原來楓港我早已認識，外祖父的身上帶著它，而我戀慕外祖父及有關它的一切。但我來這裡做什麼？有何索求？念頭轉到這裡，驟然下起瘋狂大雨，那瀑涌的雨，令人害怕天地為之碎裂。

然而你認為我到楓港一無所獲嗎？不，在這裡我發現一片空虛的草原，這僅有在台灣南端才有的空虛草原，走進它你會失去時空、自我、記憶。義大利的草原是淋了蜜的甜，荷蘭是清洗過的新，而旭海的草原桀驁不馴，又是如此廣漠無邊，千古無人，天地悠悠，你可以感覺眼前的巴士海峽在腳底下翻騰，天地搖晃，眼前唯有大塊的藍和綠，而它們如此接近沒有分際。你的生命亦被切割成藍與綠，心靈與肉體皆化為空無。但我來這裡做什麼？有何索求？

忠孝東路

生活大抵以忠孝東路為主軸，早晨八九點，假日的街頭冷清清，我拖著菜籃車，必須特別介紹它，因它是我的專利品，全家只有我敢用，鐵絲構成的長柱形籃子，下有輪，上有蓋，顏色是森冷的綠。披散長髮半睡半醒的我拖著這菜籃車，彷彿是森綠的林投姊，夠詭異吧？我正要進行一家八口一周的買菜大業，從虎林街穿過忠孝東路，到永春市場狩獵，通常是先買魚，得挑那最鮮最貴的海魚，然後是腰子肉和排骨，然後是青菜水果，等一切搞定，菜早已滿出來，邊邊還垂掛著一件三九九、四九九的童裝……，我曾經是熱中於購買童裝的母親。而那確確實實是我嗎？

也不是都那麼邋遢，有時也會優雅地買童裝，春天百貨童裝部最常流連不去，再遠一點是明曜百貨、統領百貨、太平洋崇光百貨，總之不脫離忠孝東路。我可以在童裝部待一個下午，研究各種小衣服小鞋子的名牌和款式，其中學問只有母親最清楚。孩子不在乎甚且有些討厭那些新衣服，可母親耽溺於此不能自拔。直到有一天，孩子不再需要穿童裝，他的衣服大到你可以穿，他的鞋子比你大，你才悠悠清醒，童裝部之夢結束了。

忠孝東路到底有多長？長到永遠走不透，長到令人老。

西嶼

有幾年你住基隆，公司在台北，開車有點遠，你還是在那裡買房子，用的錢是賣叔叔的畫作得來，那時你還不知他對你有多重要！

Grace，多年來你追尋畫家叔叔的生命歷程，在某個山區的洞穴找到他戰時掩藏的遺作，有些作品未完成，你將它們堆放在你的床下，那時的你才了解自己爲何愛畫畫，從二十幾歲到五十歲，你用半生的時光求索，而他死於一九四三年高千穗丸沉船事件中。你笑說這是台灣的鐵達尼號，其時喪命一千多人，當中有許多留日學生，你的叔叔和嬸嬸也在其中，他們才三十歲，風華正茂。爲了追求自由與愛情，他們一起留學至日本，叔叔曾為嬸嬸雕一件人像，跟真人一般高，參加日本雕刻家協會展，得第二賞。對名利漠然的叔叔把它送給畫家朋友陳德旺，他又轉送給別人，那人嫌它體積太大，把它鋸成兩半。

「這太誇張了！真的鋸了？」

「是啊！現在上半身在我三叔家。」

你未免太平靜了，一面開車一面夢囈似地說出這半個世紀前的往事。初識你時就是愛畫畫的女孩，政大西畫社，我也是其中一員，你是社長，不記得我，我卻記得你。那時三個社團的海報都是我的手筆，那也是我嗎？愛畫畫的女孩？

再遇見你已是中年，你穿著歐巴桑的豬血紅毛衣且已起毛球，上面織隻天鵝什麼的，下面一條皺巴巴的裙子，趿著拖鞋，怎麼看都不像女導演。

後來知道你是澎湖西嶼人，但澎湖人也沒那麼土啊，你置外表外界於度外，你所沉迷的世界是如何巨大迷人！你訴說叔叔短暫的一生，彷彿我們都看到他，才四歲的他沿著牆壁畫歌仔戲和廟會，澎湖的毒日曬得他滿頭汗，可牆壁在發光，那兒有他心靈巨大的投影，不可知的圖像世界！他的身材這麼小彷彿快融化的小蠟蠋，東北季風吹起時，那小小的火種不停哆嗦，可他不熄滅，從圍牆的這頭畫到那頭。不能外出就在地上畫，爲什麼畫得這麼快這麼急？生命不等人！再不畫就來不及了！

車城

思啊想起，楓港過去呀伊都是車城
花言哪巧語呀伊都未愛聽啊唉喲喂
阿娘仔講話若有影唉喲刀槍作路也敢行啊唉喲喂

思想起，甘蔗好吃伊嘟雙頭甜
大某那娶了啊伊嘟娶細姨唉喲喂
細姨仔娶來人人愛唉喲喂
唉喲放捨大某那尚可憐啊伊嘟唉喲喂

阿崁姑婆天生的好歌喉愛唱歌，每有家族聚會，她便唱起這首〈思想起〉，她的歌聲高而亮，感情豐富，滿座聞之無不落淚。這首原是平埔族歌謠，代代傳唱成爲恆春民謠，它可隨口編唱歌詞，可自陳身世，可講述歷史，那是恆春山與海的對唱，平埔族寂寞的高音。

我之愛歌，也是來自血的呼喚？在合唱團唱了十幾年女高音，竟無法唱流行歌曲。

外祖父的祖居其實在車城，那是漢人聚落，這證明平埔族的血統是後來才加入的。想像中的外曾祖父矮而壯，甚至有點醜，因此不得不在女人身上找到自信。他的女人多到數不清，漢番平埔不論，大多略有姿色。如此改造血緣，姑婆個個生得高大美麗，她們都有一雙深凹且憂鬱的眼眸，訴說身世之痛血緣之痛。她們的打扮跟平地人不同，長長的辮子纏在額頭，有時包著頭巾，身穿長衫，赤腳且小腿粗壯。她們得下田做農事，比不得那些嬌貴的閨中小姐。然而就是那點兒憂鬱氣質令她們愛上了美。其中阿知姑婆最懂得美，她裁出的衣服別致又好看，求她裁嫁衣的姑娘都等哭了，可阿知姑婆脾氣大得很，儼然一副服裝設計師風範。

她穿著自己裁的長衫，赤足走在山海之間，那不過是一件粗布衣裳，烈日爲它上了一道釉彩，落山風爲她鑄了金像，裙裾飄飄，每條縐褶渴求著美，而美也渴求著她。

一屋子愛美的女人，簇擁著唯一的弟弟，他就是我的外祖父。外曾祖父死時，外祖父仍在母親的肚腹中，一家子女人齊心呵護這小遺腹子，把他寵壞了。

外曾祖父壯年時被害死，傳說他趕十隻牛至楓港販賣，有人覬覦他的財富毒死他。含冤而死的他陰靈不散，車城祖居好幾天燈火自亮，此靈異事件還上了報，外曾祖母遂移居楓港。

外祖父從小好與人打架爭鬥，練成一身好武藝，起先他為保護母姊不被外人欺凌，後來打成習慣，村人皆指為惡霸。

忠孝東路

如果沒離開那個家，我會較快樂嗎？也許會，也許不會，孩子與孩子的父親肯定會較快樂。為什麼我不能為他們的快樂犧牲？許許多多的妻子與母親不都是這麼做？我不想讓我的孩子痛苦，但我如何告訴他，我的心有一片曠野，在山與海之間，我不知在其間行走多少年，總是邊走邊唱，那是曠野中寂寞的高音。

我要去尋找那片曠野和海洋，那裡有個包黑頭巾穿黑長衫的女人，她的臉望向海那邊，她在看什麼呢？我想去到她身邊，要她停止憂傷，告訴我她的滄桑，我們對彼此有責任。她的苦楚中一定也有我的。

也許一開始就錯了，把婚姻當作失意時的浮木，又生下不能給他完滿家庭的孩子，讓他遺憾一輩子，痛苦一輩子。我在忠孝東路與他道別，在忠孝東路失魂地等他，找他，直至看到忠孝東路肝腸寸斷。

東京

你的叔公在西嶼開西藥行，一心想栽培叔父成藥劑師，特送他到日本讀藥專，他卻瞞著父親考入東京美術學校藝術科，父親一怒中斷匯款，幸有兄長暗中援助，才得以完成學業。他對人物畫投注最深，又嗜讀英詩，愛唱英文歌吹口琴，他們的畫室聚集許多熱愛藝術的台灣旅日留學生，其中有你二嬸，她當時就讀於東京東洋音樂學校主修鋼琴。常常你二叔唱歌，嬸嬸伴奏，滿屋男女一面抽菸喝酒，一面喝采說好一對玉人兒！

照片中的他相貌接近龍瑛宗，不能說是英俊，然自有瀟灑落拓的藝術家氣質，頭髮豐厚高高翻起，白襯衫吊帶褲，三〇年代的西歐風，他可是講究裝扮的春風少年兄，哪像你。

嬸嬸的雕像面容奇美，大大的眼睛有些外突，眉頭緊蹙，緊閉的小嘴上唇薄下唇厚，是黛安娜女神的矜持倔強，短而鬈的頭髮後梳，看來毛髮不豐。我相信你二叔極力要抓住的不是她的美而是個性，是澎湖女子特有的陰鬱剛烈！

他愛她，她也愛他，愛得十分急切，再不愛就來不及了！

東海

不敢相信來東海已經二十五年，初來這山頭，嚴冬中的暖陽照得我醉臥在陽光草坪，那兒的一草一木令我發癡，世界上眞有那麼一個地方叫「身心安頓，靈魂歸所」！我要來，而且是盛大地來，帶著我的夢想和朦朧不清的志向。

第二次來，嶺上風狂，我的圍巾被風吹得快飛上天！這一生注定要被狂風嚴厲地吹打，如此地顚倒夢想恐怖，如此身心崩裂，那即是我的宿命，然而我的心靈之眼因此睜開，三百六十日，霜風劍雨嚴相逼，逼什麼呢？逼我交出心交出淚，去澆溉那朵屬於我的木蘭花。

木蘭花只在五月開，花期短得來不及畫下，常常我與它對話，它在說：「你要寫，再不寫春天就要盡了，而我即將老去。」

歸來

年少的外祖父打出名號，在武館與日本人比武，劍道柔道空手道，他比武時有股瘋氣，非將對方打死不可，一連打死好幾個日本人。日本人崇拜不怕死的英雄，屏東糖廠的社長要他做貼身保鑣，外祖父一家遂遷居歸來。

這世界眞有一個地方叫「歸來」？魂兮歸來的歸來！我常在怔忡之際看到外祖父的舊居，過了屏東大橋，再走一段路，當你看到屏東監獄就該轉彎，那一條小路很狹很長，兩邊都是木槿花，南部的豔陽曬得你發暈時，將有一片翠綠的樹林，芒果樹、楊桃樹、木瓜樹、香焦林被木槿樹和鐵絲網圍繞，庭院深得看不見房子，你得走下一段階梯，看到一隻猴子一頭獵狗，然後是石榴花桂花叢，才看到漆成淺綠色的木屋。屋子前的門廊深廣，擺放著農具，屋子裡掛著動物標本，鹿頭的角是用來掛衣帽的，牆上有一幅字，小字是《孝經》，大字是「棒下出孝子」。

因這嚴酷的庭訓，大舅二舅都被打跑了，只剩下大舅的兒子阿色，替他父親做棒下的孝子。外祖父打阿色用碗口粗的木柴，天天打天天哭，打得只剩一雙外凸的牛眼。人人都說外祖父暴虐如虎，可他疼女孩子，每天任我往他褲袋裡掏零錢，要多少拿多少。弄得阿色看我像看公主。

可以想像外祖父如何疼愛母親，給她穿上小和服，踩著有鈴鐺的木屐，說她是洪家最美的公主。

誰知母親的心破了一個大洞，從小就沒有媽媽在身邊，她想死了媽媽，背著父親哭。

基隆

你在基隆買了房子，樓高十幾層，可以看見基隆港，船進船出，碼頭是個浪漫的所在，令人想到流浪、別離……，還有一些別的，總還有一些別的。

你在這裡畫畫，畫不下就拿出叔叔的畫作，爲什麼他總是畫人？人爲什麼如此令人著迷？他們那個時代的畫家，受印象派影響，畫得最多的是景物；再來是靜物；人物次之。一九三〇年對留日學畫的台灣青年，是個分水嶺，之前的第一代畫家，占盡畫壇的尊貴和榮耀，後一代既不願搖尾乞憐，也無力拓展新的時代，他們在戰爭中度過黯淡的青春，反叛的心靈隨著戰火越燒越烈，以至於早早摧折性命。如陳植棋、陳春德、李秋禾，還有你叔叔黃清呈。

他們大多在壯年死於肺病。在戰爭中長期營養不良，又常躲防空洞，在艱困中不停作畫，一旦染病，加速死亡。壯志未酬啊！

吾等恆以青春、熱情、明朗爲首要目標……當負起對美術、對人生、對時代的關切，凡有未能極盡此心的繪畫，無疑是一堆雜草，願同人充分發揮鬥志，以達成時代賦予的使命……

他們知道死亡在前面等他們嗎？

爲什麼愛畫人？因爲生命如朝露，只有索向圖畫影裡喚眞眞。

東海

東海雖美，我只打算做一個遊客，看飽風景就要走的。

我的老師爲這裡下了一個注解：神仙洞府，牛鬼蛇神。

我不相信，我只看到松林，夜霧，紫荊花。

我還看到楊牧，八〇年代兩鬢飛霜的詩人，新婚卻無歡顏，看起來有點沉鬱。或者那天剛好不開心，或者進入東海就會是這種臉面這種心情！

灰得有點慘白的年代，很想殺出一條血路，我是隨時要離開的，我不適合學院，冷冰冰的，鎮壓不了我那過熾的熱情，除非是刀光箭雨，除非是斷頭台。

老師特到我家「看相」，他說全家只有你能寫！我想摀住他的嘴，不要說那麼早，我只想當俠女。

我不相信文字，它能如歌聲那樣充盈耳際繚繞心間？像繪畫一般立現人形勾勒心魂？文字是符咒是試題是課本，當我考試時，背書時，它更像一頭小獸反過來噬我。

忠孝東路

我也曾擁有穩定的婚姻生活，有公公婆婆，大姑小叔，但我跟他們家的叔叔嬸嬸堂弟堂妹更親。因爲家庭背景相似，都是愛美的人兒。他們對我也是好的。嬸嬸在我結婚時爲我買來一束昂貴的捧花，澎湖是不產花的，我總覺得是莫大的恩情，回送堂妹一個日本梳妝檯，她不知所措地傻笑。端著妝奩的模樣眞是美麗，溫柔厚道的性情與青妹多麼相似。他們敬重我，我對他們傾訴自己，前輩子我們是一家人吧！

而我嫁的這一家是仇人吧！彼此看不對眼，想盡辦法對彼此好，結果都是重傷。在日記上我不停地反省：「你能對陌生人慈悲，爲什麼對婆家的人不能？」「如果你能忘記自己，善待婆家的人，你將與聖人無異……」

潮州

每回外祖母來，總會帶來一盒雞蛋糕，上面點綴一顆紅棗一顆櫻桃，我們姊妹搶著吃，不因它特別好吃，只是喜歡外祖母，知道她走好遠的路來，捨不得坐車。省下車錢買蛋糕，更顯得它的豪華奢侈。

她的話語極少，常常我們跟著她走長長的路到她住的地方，堤岸邊搭的低矮房子，裡面黑不隆咚。小舅養好幾籠小鳥，又會吹喇叭，他帶我們到堤岸吹喇叭，大概男孩子的夢想就是這樣，養一窩嘰嘰呱呱的小鳥，吹一種聲量極吵的樂器，然後到無人之處製造噪音，我那死去的弟弟不也如此？

我喜歡堤岸，它遼遠不知終點，像一首迴旋曲，相同的調子來來回回，我在曲折的小徑跑來跑去最後又見到它。它的盡頭是什麼？應該是大海，但我覺得它通往星空，它們一樣令人想飛起來。

外祖母是個苦命的女人，自從嫁進洪家，外祖父常在外曾祖母面前打老婆給她看，大概寡母容不得媳婦。外祖母常從床上被打到床下。年紀輕輕就被趕出門，連還在襁褓中的小舅和三歲的阿姨都不要。

外祖父後來又娶了小老婆。阿姨說那情節就像《煙雨濛濛》，阿姨邊看邊哭，她老早就是文藝少女，還學鋼琴，用筆名在副刊寫些小品。

大家互不來往，有一次父女在街上相逢不識，有人告訴阿姨那個人就是你爸爸，阿姨跟著他走了一段路，哭到腳軟，跟不下了。

阿姨到有錢的同學家，她家有小小的院落花園假山，房子漆成白色，門上有綠紗窗，同學正在練琴，阿姨看呆也聽呆了。原來音樂可與她狂亂的心相呼應，可以照見自我和未來。而她的未來就是那架鋼琴。

外祖母說：「原諒媽媽沒那麼多錢，去求你父親吧！」

阿姨爲了學琴犧牲自尊心，每個月必往歸來領錢，穿著女水兵制服的她，長得酷似外祖母，眉宇間多了一份倔強，外祖父的臉更嚴酷了。阿姨恨他，更恨自己。

東京

從一九二八年起，日本一些不及萬噸的郵輪停駛，起而代之的是近海郵輪公司萬噸以上的郵輪如「昭日丸」、「大和丸」、「高千穗丸」等，來往於台日的旅客漸多。一艘郵輪可載一兩千人。

一九三〇年八月，陳植棋爲赴日參加帝展，冒雨泅水過河趕火車，到基隆上船，抵東京後隨即因肋膜炎住院。病情越來越沉，他想死也要死在故鄉，遂於一九三一年二月返回台灣，四月十三日在台北汐止去世。得年二十六。

一九三〇年代正是日本普羅文藝的全盛時期，你的叔叔等人同屬 Moeve 畫派，推行前衛運動，其中洪瑞麟，師從留法的清水多嘉，他回憶：「清水多嘉是羅丹弟子布爾德的學生，他一再強調塞尙的分析道理和造形的重要，反對光線色彩做膚淺的描繪，他說，畫家就像建築師一樣，畫面必須一磚一石地架構起來。」

一九三八年，他到瑞芳礦場，從煤礦工人、管理員到礦長，終生大多待在陰黑的地底下，畫他所看到的一切，他說：「我愈來愈發現礦工們眞誠無僞的人性表現，那樣契合我的心靈，使我時時刻刻想揮動畫筆，迅速捕捉下來……」

潮州

一九六〇年代的鄉下，就像《魯冰花》描寫的那樣，兒童美術很發達。我不知所以地跟著老師學畫，畫最多的是稻田、廟宇和靜物。寫生是很盛行的，老師帶著學生到郊外郊遊畫水彩，我們背著畫板走過田埂、小橋來到溪邊，各就各位，先調色，老師說天空的顏色要越淡越好，於是我拚命加水稀釋，不久就把畫弄糊了。七彩的景物在雨中。

我不是眞的喜歡畫畫，母親要我繳那不便宜的學費，大半是怕我亂跑玩野了。七歲我帶青妹沿著五魁寮溪玩，五歲的妹妹掉進河裡，淡綠色的小裙子浮在水面像荷葉，我沒去救她，是同伴把她拉上來，這件事讓我覺得犯罪。我跟同伴做一切可能的冒險，直到同伴中有一人夭死，她不是溺死也不是玩死，而是被卡車撞死，但我總覺得我參與她的死亡，親受她的痛苦。聽說車禍那一天，她到同學家洗澡，不斷讚美那鑲著五彩馬賽克的澡盆多麼美麗。連這麼一句普通的話都足以驚心動魄。她死了，而她最後說的一句話是好美好美，生命是這麼殘忍，人卻癡戀著它。

如果我肯多花一點心思在畫上，也許會成爲畫家，但不過畫完田野，我便涉入水中，去撈透明可愛的小河蝦。如果老師讓我們自由取景，我寧可畫那清溪那在水中透明的腳丫子還有活蹦亂跳的河蝦。

但我的繪畫天分是不足以成爲畫家的，自從青妹也開始學畫，才知道我欠缺的是什麼。對顏色與線條的敏銳，以及化腐朽爲神奇的能力，令人嫉妒的才能。而我什麼都不是，只是個鄉下野孩子。

泗林

剛從師專畢業的阿姨在泗林國小教音業，一個人住在像森林一般的學校過著獨立的生活，每回母親帶我們去看她，我總覺得她的一切具有魅惑力，小小的房間小小的床，桌上堆著書，桌邊一架鋼琴，連宿舍旁的草地也很夢幻，草地上長滿酢漿草牽牛花，我們坐在那裡野餐，吃三明治，當然那也浪漫得不得了。一大群女生在一起，連母親也回到高女時代那樣青春活潑！這種場景只有在電影上看過。阿姨交往的朋友很特別，最常見到的是一個有「鐵餅皇后」美稱的女國手，她曾在亞運拿到銀牌。記憶中她笑話不斷，身材粗壯，著男裝動作很粗魯，有點男孩子氣。她們都是獨身主義者。

這種生活隱含著我嚮往的什麼，雖然不知那是什麼。當我覺得自己什麼都不是，自然不具解說能力，只能感受，我像尚未成熟的豆莢，裡面隱藏圓熟的小豆子，只見其形，不知其實。隨時會迸裂。豆莢也不知道自己是什麼吧！

總還有些什麼讓我覺得存在，譬如我的祕密收藏，郵票、貝殼、書籤、日記，還有一本畫冊，類似巨人的足跡，文藝復興時代的巨匠那類的畫冊，裡面有一幅提香畫的黛安娜女神，身披著鹿皮，手持弓箭，面容絕美，爲什麼畫人？因爲人包含一切人之渴望：生命力、肉體、愛欲、神聖、靈魂、糾葛、悲劇。

戴安娜在森林中過獨立自由的生活，太陽神阿波羅貪慕她的美貌，向她求愛，黛安娜不願被愛拘禁，拒絕而逃，在另一幅畫裡，阿波羅扯去黛安娜的衣衫並緊緊抱住她，她死命掙扎雙手變成枝葉藤蔓身體轉爲樹幹，就快要變成一棵桂冠樹，這幅畫像閃電搖晃我的心眼。

最強烈的愛是抗拒。

只有這些可以稍稍破除沉悶冗長平凡的童年時光。而我把生命力、肉體、愛欲、神聖、靈魂、糾葛、悲劇鎖在一只小小的抽屜裡。

瑞芳

洪瑞麟畫礦工，他的畫題也很簡單，不是「礦工」就是「礦場一景」，畫面很潮濕，墨色很重，又用深墨勾勒輪廓，有些像民初的漫畫，奇妙地去捕捉人的另一次元。

他在畫中把自己抹去，服膺泰戈爾的理想：「睜開你的眼睛看看：上帝並不在你的面前啊！祂是在犁著堅硬土地的農夫那裡，在敲打石子的築路工人那裡，無論晴朗或陰雨，祂總和他們在一起。祂的衣服上撒滿塵土，脫掉你的聖袍像祂一樣走下布滿塵土的地上來吧！放下你供養的香和花，從靜坐沉思中出來吧！你的衣服變得襤褸或被玷污又有什麼關係呢？到勞動裡去會見祂，和祂站在一起，汗流在你額頭。」

一個木訥的孩子，發現畫筆才能流暢地表達自我，他說：我的畫就是我的創作日記。在礦坑內一待三十幾年，有許多畫是急就章，還保留著礦坑內的陰暗和濕氣，一種泫然欲泣的情緒。

在礦場工作三十餘年，惡劣的工作環境，並沒有使他早衰，畫家活到八十幾歲，創作不輟。

潮州

必須想辦法讓文字變得可信，隱密，且保證它眞實無違。於是在有鎖的日記本上塗寫，我的心事並不多，就是同學、老師、考試，還有懷疑身世，我到底是不是母親親生的，如果是爲何一點也不像她？得不到她的歡心？家族相簿中也沒有我幼時的照片，那麼一定是撿來的。我想像親生父母就在鎮裡，也許是隔壁做衣服的歐巴桑；也許是對面樂器行會彈吉他的歐吉桑，無法想像他們是農夫或乞丐，我的想像力還不到那裡。有一陣子，家裡住了一戶流浪藝人，父親是魔術師，那獨生子跟我十分親密，讓我越來越覺得是他們丟下的孩子。我計畫如何跟他們逃跑，如何學習變魔術，讓他們不能沒有我。然而他們背叛我，沒有跟我告別就走了，我抱著日記哭，記下他們的影像，爸爸是高瘦而黑，腰上繫個太陽眼鏡盒，喜穿花花的香港衫；母親非常瘦，穿旗袍，嘴裡補著銀牙；男孩叫昆，長得很英俊。我一眼就能認出他們，有一天必定找到他們。

沒有人能了解一個孩子能孤獨自棄到什麼程度。當蒸熱的午後，我將熱騰騰的身體緊貼著冰涼的竹床和牆壁，幻想自己的流浪生涯。住在樹屋，撐竿過河，自給自足，不與任何人往來，千里萬里尋父尋母。有時終日玩著撲克牌，希望能變出一個魔術來。我在日記中用貧乏得可憐的文字記下這些自我折磨。但如何證明我的存在與眾不同且值得人愛？

常常手裡拿著最喜歡的一本書，到河邊或學校，那本書遠超過我的年齡能夠閱讀，緊緊捧著它，恨不得大聲唸出來，當作是自己的語言。好證明我並不淺薄。

台南

你在台南出生長大，姊姊們都比你大許多，全家都寵著你，尤其是爸爸，最疼你這小么女。疼得媽媽吃醋，常與父親吵架，爲此還曾離家出走。姊姊們一個帶你讀小說，一個帶你看電影，看的大多是文藝愛情片，父親也是影迷，他帶你看健康寫實片。

多年來你的書桌上擺著一座貝多芬石膏頭像，以爲那不過是普普通通的擺飾，那年代許多人家裡都有一尊貝多芬石膏頭像。一直到你長大，才知那是你二叔黃清呈的作品。而他死去已超過三十年。

那尊頭像日日向你呼喊：來找我，懂我！然而你沒聽見。

一直到碰見一個收藏家，他說第一次看見你二叔畫的《紅衣少婦》，一時驚訝得說不出話來，簡直就是蒙娜麗莎再世，於是開始大量收集你二叔的畫作。

你二叔以雕刻名世，爲什麼會留下這麼多油畫？原因是他每次從日本回台灣度假，爲籌學費，常常幫人畫肖像，這些畫大多被一個台南的富商收購，後來因二二八事件，陳澄波被殺，這些畫作半毀半賣，下落已不堪聞問。

還有一些畫作多年來堆積在你床下，有些已嚴重剝落，當收藏家找上門來，你以低廉的價格賣給他，他修復後以高價賣出。

你是從收藏家那裡一點一滴了解叔叔，還有那一代的藝術家的悲劇命運。問你母親，她忿忿地說：「好尊貴啊，他一上飯桌，女人和孩子得閃到一邊去！」

泗林

抱獨身主義的阿姨，收養二舅的女兒遐兒。她長得可愛伶俐，四歲學琴，九歲已可當鋼琴小老師，在學校十項全能，功課才藝口才無人能比，誰跟她在一起都會變呆頭鵝。偏偏青妹與我願當呆頭鵝兼跟班甚至小丫鬟，每天被她使得團團轉。誰教我容易入迷，迷阿姨，迷姊姊，迷弟弟，迷小祖母。迷我周圍一切可迷之人，且迷得人我不分，對我來說他們就是美的自身。電影明星、棒球明星不能讓我著迷，他們太遙遠且摸不著邊際，可親近的人就是我的情感枷鎖，他們是我的空氣我的世界。

常常我們三個人整天黏在一起，擠在大人堆裡看電影，看完立刻搬演一遍，編導演都是遐兒，我跟青妹只能跑跑龍套，扮丫頭，做道具，我們的零用錢都拿來買珠花水鑽耳環。遐兒很入戲，且唱得有板有眼，他的母親是歌仔戲演員，在她很小的時候離家出走，又是一個沒娘的孩子，阿姨心疼她的聰慧，便收養了她。

阿姨在接近三十時還是結婚，婚前她的心都在遐兒身上，婚後她有自己的丈夫和孩子。遐兒迷上瓊瑤，漸漸地分不清現實和夢想，她的眼神變得迷迷濛濛，神情哀哀怨怨，說話就像瓊瑤的小說女主角：「你能知道我的心嗎？它是這麼痛這麼痛！」「在這世界上我是這麼孤單，我是孤兒，一個無父無母的孤兒。」她在演獨腳戲，不讓任何人進入她的戲中。奇怪我們也看瓊瑤，怎麼完全不懂她？

遐兒在阿姨面前很正常模範，背過身就變了一個人，她編造自己的身世，和陌生人談戀愛，士官、小兒痲痺患者、兔唇的計程車司機……。她的琴彈得越來越好，考上音樂系自是理所當然，可惜沒多久就被退學。青妹和我始終不願談這件事，大家都不願談，阿姨躲在家裡不敢見人。遐兒從此消失在我們的生活中。

躲了半年才出來見人的阿姨頭髮白了一半，她說：「人鬥不過遺傳和出身背景，她渴望的愛，我沒辦法給她。」

我覺得有一部分的我無聲無息地死去，遐兒走了，她還有一些什麼，留在我心裡；也帶走一些什麼，說童年說青春太輕，說命運又太重了。

木柵

因爲遐兒，我有滿腹心事想傾吐。但我不能畫不能彈而且不相信文字。寧願唱歌，抱著吉他，到無人處，邊彈邊唱，唱出所有的鬱悶悲怨寂寞，常常一兩個小時不能自罷。

有一年木柵淹大水，我與同學從市區回來，公車到景美不再前進，我們手牽手走回學校，那時接近半夜了吧，穿著褲襪的腳浸在水中更加寒冷，水深及大腿，大水滔滔四周無人，在黑暗中只聞到黃泥水濁臭的氣味。一切又回復原始，我們的身體因爲浸泡而幾近裸露，只有絲襪是最後一層文明，我會在這一刻死去嗎？如果死去將漂流向何方？而我的生命還不過是一本空白的書，連書名都還沒想好。

我們不知涉水多久，黑！黑到令人害怕，連街燈也不亮了，走過指南橋，水位變高，水及腰部，學校附近常去的商店一半泡在水裡。老王麵包店、山東牛肉麵、老張水果，他們的東西還能吃嗎？熱鬧的校區成爲鬼市。現實的荒謬直通內心的荒謬。人生最緊急的時刻，眞實與夢幻失去分際。我抽離了現場，彷彿有另一雙眼睛從高處冷冷看著，看著我與同伴如一排螻蟻在黃流大水中載浮載沉，人是這麼荏弱渺小，我們的悲喜都被過分地誇大，我並不孤獨，也無需自悲自憐，有一雙眼睛從生命的最初一直看著我守著我，它是多麼溫柔清明且甜蜜。

當我半走半游至住處，水位近一層樓高，眞是好險，那時住在校外的危樓二樓，摸著樓梯上樓，牆上搖晃著水光，都停電了，哪來的光，等我開窗，天上一輪蒼黃的大月亮像潑水一樣照進盛大的光，我打開日記，寫下「天地玄黃，宇宙洪荒」，再也寫不下。

接連好幾天，大水未退，我被困在危樓中，關上日記，打開筆記，跟那個我那雙眼睛激辯商略討價還價，許多文字像洪水一般翻滾而來，我在混亂危難的惡水中泳動，找尋一隻驕傲的黑天鵝。一個年方二十的女孩，在天地玄黃宇宙洪荒中找到文字。

我寫的是遐兒，一個瘋狂家族，令人不敢面對的黑暗，那裡面有我。

東京

你的二叔不僅會畫畫，還會裁衣服，他做自己的衣服，也爲女朋友做衣服。他們就要學成歸國了，將要完成婚事，一起應聘到大陸教書。這幾年來他勤學北京話，就想著有一天到大陸去，現在夢想就要完成了。他吹著口琴，心已經飄到遠方去。遠方對他充滿誘惑，那裡才有自由與夢想，愛與美，他要去那裡摘月亮。這時你嬸嬸桂香的身體靠過來，她說：

「我有點怕。」

「怕什麼？怕跟我結婚？」

「剛才我在整理行李時，心裡覺得好幸福，這種幸福令我感到害怕！它眞的屬於我嗎？我們能幸福多久？」

「我答應你永久。」

「這世界眞有永久的愛？除非在愛中死去。」

「不要說不吉利的話，你看，我爲你雕刻的石像，它立在那裡，彷彿有自己的生命，你敢說它不是永恆的？人會老會死，海會枯石會爛嗎？」

「只要有你這句話，我心足矣！」

「小傻瓜，你是怕坐船吧！你會暈船不是嗎？告訴你坐船的時候，不要站在甲板上看海，最好平躺在床上，很舒服的，搖啊搖，小傻瓜就睡著了。」

「討厭！盡開我玩笑！」她假裝打他，兩人卻抱在一起。

「還有三天，最多一個禮拜，我們的夢想就實現了。回台灣我們先結婚，然後一起到上海赴聘，那裡才是我們眞正的舞台，我畫畫，你彈鋼琴，多好！」

「不能想，不能再想下去，太幸福令我害怕。」

基隆

他們搭坐的「高千穗丸」已經在海上航行三天，爲了逃避美軍的轟炸，還改變航道。那是一九四三年三月十九日，船上載著一千兩百多名乘客，裡面有許多留日返台的學生。大約早上九點半船行至基隆外海，忽然響起緊急警報，接著船體激烈震動，甲板上的乘客紛紛跳入水中，據生還者敘述，當他拚命游離船體，回頭一看，船上冒出大水柱，然後大震不已，瞬間船頭突然朝天立起，這時有一可能是船長的人，站在船頭揮著白手帕。不過在三四分鐘之間，轟隆一聲，船體沒入海中，向天噴出一道莫大的水柱，萬噸級的高千穗丸消失得無蹤無影。

高千穗丸從被擊到沉沒，前後約十五分鐘，前十分鐘遭受三枚魚雷轟擊，第一發擊中船尾，第二發擊中船頭，第三發才是致命的一擊，擊中船身。

當時有一生還者在海上漂流四天，當他漸漸失去意識時，一生經歷過的事情如電影一般播放一遍，當他落海時，手錶停止走動，回到陸地，手錶又開始走動。

生還者有兩百多人，死難約一千人。

日本當局封鎖消息，家人獲報已多日之後。

高千穗丸船難之後，又有一艘郵輪被擊沉，日本以爲有人洩密通敵，展開大逮捕。

歸來

外祖父死後，我又回到歸來，林園荒蕪，房屋破敗，大舅二舅都在潦倒中早逝，表弟表妹的處境更加淒涼，一個家族的衰敗如此快速。許多人在我的血液中死去，但未眞正死去。

埋首在文字裡，昏昏然抬起頭來，我終於知道我是什麼，我的生命不是只有我一人，而是世世代代千千萬萬人才能完成，不管它是邪惡或純眞，高貴或卑瑣，它是獨一無二，且無法變更。早在阿知姑婆裁衣的構思裡，在阿姨栽花彈琴的神往中，在母親穿衣照鏡的凝視中，在表妹爲情迷狂中，我早就存在。

人不是只有自己，當一九四三年三月十九日的那個早上，我墜入於基隆外海。周遭有許多人如花雨落下，每個人的嘴張得好大，彷彿在唱歌，那首歌如此悲哀悠長，以致到現在仍未唱完。

關鍵詞2：建築

浮雕

老家翻建時，大舅是總工程師，老式的街屋，竟可蓋八間樓房，工程不算小，施工期間，全家暫時搬至郊區一棟三層樓房。我們都非常喜歡這新住所，樓下布置成客廳兼書房，藤沙發椅是青妹與我走遍家具行千挑百選找來，有那麼點歐洲風情，書架是三角鋼類似公文櫃，不太符合理想，卻展示我們珍愛的書籍，那時流行在牆上挖進一些小櫥櫃，放著一些小擺飾。樓上的大客聽藏著我們祕密的喜悅，只有貴客才能登上這裡，暗橙色毛呢沙發，花梨木骨董櫃，牆上爬著大朵大朵絹作牡丹，櫃上擺著家傳的骨董花瓶，屋內有著優雅的寧靜，溫和的華貴。

我為什麼要這麼細細描繪這些小擺飾小細節？如果眞有所謂家運，我們家那幾年正在頂點。父母親年富力強，事業正好，容貌豐美。兩個弟弟都還未變壞，大姊跟我從台北和大學帶回新流行新資訊，新的豪宅正在興建。母親在臨時住所為我舉辦盛大舞會，慶祝十九歲生日，邀集鎭裡的幾十個大學生，我穿著長禮服從二樓走下來，整個人輕飄飄心卻無比狂亂，在那群青年中，我鍾意的不鍾意我，我不鍾意的卻鍾意我，世事雖不盡人意，卻不影響追求快樂的心。我們瘋狂跳舞，蛇舞、靈魂舞，那場舞會撮合許多對有情人，許多年後朋友仍不斷訴說那些佳話。總之，一個家族鼎盛時，會以誇大的形式顯現，如華宅如盛會如大觀園餘裕的愛情和感傷。

房子也有生命，當我擦拭地板和櫥櫃時，櫥櫃玻璃照著我夢幻似的臉孔，擠滿物品的空間靜得像件雕塑，你彷彿觸摸到房子的心，因它正年輕美好，一切看來清新適當，好像這裡住著一個仙女，她安置每個東西各得其所，並組成美妙的旋律，讓你聆聽不足。

青妹與我從小就喜歡一起看房子，鎭上美麗的房子，日日去看，我最喜歡菸酒公賣局那棟仿文藝復興時期的灰泥大樓，她選中的是在樹林中的荷蘭風白色小木屋，我們像星探一樣到處尋找美麗的建築，並對它們大喊：「你是我的！你是我的房子！」有一天青妹很興奮地告訴我，她發現有一家樓窗裡掛著浪漫的阿拉伯紗帳，我們一起站在馬路對面癡癡地不知看了多久，其實站那麼遠頂多看到一點點，就那一點點夠銷魂的了。青妹偏愛異國風情，這是否注定她要去國離鄉變作外國人？她只是來騙騙我們的，情緣了結就要走的，如果我知道當她癡望著阿拉伯紗帳荷蘭木屋，心已飛到遠方，我還願意陪她去看嗎？

我喜歡老建築，常常坐在老家附近的三山國王廟門檻上，看牆上的浮雕，多半是戲曲詩詞中的人物，或者二十四孝，那些細緻的浮雕總有一個故事，就算耕讀漁樵這樣平常的庶民生活，都能進入神聖殿堂；至於那些五彩斑爛的藻井，奇異的凹凹凸凸，擁擠著彩繪，絲毫不願留白。中國的廟宇建築裝飾得那樣滿，連屋頂上也不放過，飛簷上站著八仙，一個個似漂亮的玩具，是爲了打破單調且沉寂的農村生活吧，這裡是大型的玩具屋，庶民所欲所聖全在這裡了！廟的年齡似乎在光緒年間，斜對面的媽祖廟年代更久遠，可惜建築無甚特色，好像從來沒進去過。

有時到施工中的老家，大舅總是邊做事邊跟我說話，他說：「藝術必須同時具備形式美和內在美，形式美的前提是美的素材，有美的素材、美的造形才有美的形式……」我驚訝地看著他，理著光頭的大舅看起來像村夫，說話卻像大學教授。他的一生被不幸的家庭踐踏得支離破碎，從小母親被趕出家去，他得代替母親煮飯洗衣照顧弟妹，往往上學嚴重遲到，不敢進教室，躲在甘蔗園裡一整天，餓了隨便找東西吃。一直到被退學，他念的是日本人爲多數的雄中，自卑啊！老是被同學欺侮，只因爲他長得像村夫。外祖父把他打得死去活來，大舅逃家去找母親，可外祖父不願放棄這長子，要他跟著他去蓋房子，繼承建築家業。失學的大舅到日本購買建築與美術書籍，自學成建築師，他比我和青妹更愛房子吧！血緣用這樣奇妙的方式呈現，我們的血液中有著美麗的建築。他那纖細愛美的心早就碎了，理光頭是因爲剛從精神療養院出來。

房子落成，我們分到三角窗兩間，其時是鎭上豪華的建築，爲了裝下十幾個人，大舅隔間隔得小巧漂亮，牆上皆有鏤空的浮雕，彼此聲氣相聞，一層樓有七八個門，卻少有門板，弄得大家沒有隱私，我常五六個房間輪流睡，狡兔好幾窟，找人可累了，兩棟樓房第三層相通，第一、二層卻不相通，找人得先上頂樓，再下三樓，形成迷宮的狀態。飯廳在另一邊的二樓，吃飯得先上三樓，再下二樓，大家走樓梯都走瘦了。大舅大概太講究藝術美，而忽略了實用美。那是我們最快樂的幾年。母親說話聲音特別柔和親切，且帶著滿足的笑。朋友川流不息，好會不斷。我們都聚在三樓的書房兼小客廳，那是個既雅又美的小角落，兩面牆都是書，一面是窗，一面掛著家傳的畫，在這裡看書聊天不知不覺會過午夜，我特地請人做一木刻曰「小雅」，我的臥室則曰「關夢樓」。

小祖母那時身體已經很糟了，幾乎不下樓，大多待在廚房和臥室裡，她頭上戴一掛好大的佛珠，眼睛紅爛像兔眼，長時間躺在床上，有時跟祖父吵嘴，大多是為逼祖父吃飯，他的意識已陷入混亂，常看他寫一天的日記。自從大祖母死後他就變了樣，他們的感情從來沒和諧過，然而另一半的死亡，也會將他帶入死亡的狂亂中吧！大祖母葬禮那幾天，小祖母明顯地展現活力，拋頭露面地招待賓客，以前家族聚會大多待在廚房不太敢見人，她等這一天等好久了吧！他們的恩怨已化成血海深仇，只有死亡能夠解決。

小祖母入門得寵，大祖母被趕出家門十年，父親因長得像大祖母最受虐待，一直到父親成人要求接回母親，小祖母旋被打入冷宮，要不是母親極需要她，也許要上演一場王子復仇記。小祖母忍辱負重二十幾年終於又出頭，可恨男女主角都老了。小祖母的死亡來得好快，連跟祖父說幾句貼己話都來不及，只是不斷流淚急促而逝。死亡並不能解決什麼，只讓一切化為空無。

緊接著祖父死去，大弟小弟相繼入獄，父母親快速老去，大弟癱瘓那幾年，門樓破敗，家道中落，我每回家連上樓的勇氣都沒有，總是坐一下就走了。

原來這棟樓房只是個布景，爲襯托這齣家族悲劇而存在。如是這樣，我寧可住在破屋茅蘆，過著簡靜的生活。人們都喜歡華宅大屋，我看到樓起也看到樓塌還貪戀什麼繁華？現在它只會出現在夢裡，一次又一次地爬那永遠爬不完的樓梯。

如果生命是一棟大建築，一切悲歡離合、恩怨情仇只是牆上的浮雕，它們訴說一個又一個淒美故事，一切所欲所聖，可千萬不要流連於這裡，沉迷於這裡，站遠一點，不管悲劇或喜劇，因爲隔著距離都一樣深刻美麗。最重要的是，忘了那浮雕，讓它如浮花浪蕊凋逝，跨進那棟建築，院裡有陽光有迴廊，有著更美好更神奇的景觀，堂上坐著神像，祂會悲憫這一切，原諒這一切。如是，每一棟建築都是一座神廟，裡面住著神的愛意。

房子的心

美國新英格蘭地區的建築最美的是窗戶，大多做成百葉，瘦長的窗櫺可往外推，最常見的是漆成白色，一棟房子環繞著好幾扇窗，開著窗的房子，彷彿打開心扉，欲向你傾吐些什麼，令人悵望徘徊不去。

我住的安浦士是美國女詩人愛蜜麗‧狄金蓀的故鄉，她的紀念館在住處同一條路上的轉角。走那條路你得慢慢走，每一棟建築都精美而且不同。譬如那棟白色氣派的莊園，令人想到《飄》中的郝思嘉，可它不是南方建築，有著門廊，而是四四方方接近希臘神殿。油漆刷得雪白，草地特別平整，樹木都有年齡了，常有松鼠跳躍其間，乾淨美好得像假的。他們對房子的概念，仿同城堡，重視它們的外觀如同重視他們的外表和尊嚴，一棟棟皆有個性，彼此爭奇鬥豔。又譬如那棟石砌的荷蘭尖塔小屋，好像是白雪公主與小矮人住的迷你屋，屋前掛著煤油燈，小花園的花種類繁多，我常想把它畫下來，後來五歲的兒子倒先畫出來，我心狂喜，原來我們想的是一樣的。

愛蜜麗‧狄金蓀的故居已變成私人紀念館，平常不開放，要約時間才有人開門。不過這小鎮到處是她的畫像、書籍圖書，連我的屋子牆上也有一幅，在這裡讀她的詩更能深入她的心靈。這塊常在冰封狀態的土地，是多麼適合躲藏與冥想，當尚未融化的雪地，開出那樣燦爛嬌豔的花朵，無處不開花，極冰冷處有著極美豔，那是一首自然的詩，節奏明快，且冰心玉潔。

她住的房子也是白色的，到處是長窗，後面的門廊深廣，面對著玫瑰園，這裡必是她常徘徊流連之處，夏日在這裡短得像嘆息，玫瑰季節飄忽如雲，青春呢也許來過也許未來，有這樣深的遺憾，也只有用詩抓住它。她寫得那樣急那樣多，只因爲時間之神追趕著她，快來不及了，詩不可抑止從口中吐出，她隨便抓一張紙寫下來且到處藏到處塞。她的詩現在仍然不斷出土，眞有那麼多嗎？除非變成鬼魂仍在寫。

安普士的鎮民因爲愛蜜麗，更喜歡白房子、玫瑰花，當然更莊重自持，在街上走，到處是優雅親切的紳士淑女。這就是青妹夢想的國度？我來了，就爲看她的夢土和房子。

青妹住在費城，她的房子沒有荷蘭尖塔，也沒有白色的木屋。不過是漆成寶藍色四四方方兩層樓街屋。妹夫是律師，卻是社會主義信徒，更像清教徒，家裡不許用銀器，沒有多餘的裝飾。妹妹只好買銀器送朋友親人，我也分到銀湯匙和銀碗，因實在用不到而發黑。

在美國那年，到她家度假，她常對我說想改建房子，然後坐到院子樹下說：「只有這棵樹令人滿意！」

我們坐在樹下，青妹還是在談房子，緊鄰著後院有一排迷你公寓，雖是三層樓，一層大概只有一個房間，裡面有一個大個子男人，只他一個就把房子塞滿了。青妹說如果買下這棟房子，她就有自己的空間，可以在那裡看書和畫畫。不知爲什麼，這十年來我們老是說到這個房子，「它被賣出去了！好可惜。」「搬來新的鄰居，搶走我的房子呢！」好像它是我們的好朋友。

現在青妹最熱中的還是看美麗的房子，城裡稍好的房子她都有一大段觀察史，她最喜歡的那幾棟每天都去看，聽她介紹你也覺得跟房子談戀愛了。青妹應該去當建築師或室內設計師，她眞的能化腐朽爲神奇，沒想到變成會計師和證券管理單位主管。然而她彈鋼琴也畫畫，每天打扮美美的騎兒子的小腳踏車，很威嚴地巡視她鍾愛的房子。

她在廣場上租了一個畫室，可鳥瞰她喜歡的那幾棟房子，把它們一一畫下。她是越來越多愁善感，一件小小的事就讓她流淚不止，她是這城裡最愛哭的會計師。當你擁有一棟美好的房子，將它布置得盡善盡美，待在那房子裡，你似乎觸摸到自己的心。房子也有一顆心，特別脆弱特別怯懦，因而不容易被發現。

紐約雙子星大樓被飛機撞毀，我能了解美國人的痛苦，除去無數條人命，恐怖行動更令人痛恨，那還是個象徵，象徵自尊與榮耀的崩潰，美國人的心碎了，房子的心也碎了。

表弟的辦公室就在雙子星大樓附近，他又是另一個房子迷，當他沉醉於拉小提琴，他的腦海裡出現莊嚴聖美的畫面。但是雙子星大樓在他的眼前垮了，一個雅痞以舞蹈的姿勢從高空墜落。表弟從夢中醒來，丟下小提琴，原來這世界一切是這麼輕，他說：「那就蓋一棟更大更重的！」

表弟表妹原本學音樂，後來紛紛改學建築，他們也聽到房子的心跳嗎？

力力社

爲了逃離那棟令人傷心的房子，父親以我們姊妹名義，另購一屋，地點是小妹選的，在力社，舊名力力社。父親十分不肯，直說那是番界，小妹偏偏喜歡番界，她做原住民研究，又是東港溪協會的理事，那是個環保團體。聽說加入他們協會得通過三項考驗：登上大武山、划舟東港溪、會養魚。這三項我連一項都做不到，小妹通過兩項，現在她正努力養魚，水族箱的魚有小名好像也有人性，一片綠色幽光中，人一靠近立刻游近來。小妹不同的房間漆不同的顏色，她的閨房是海藍加點點，看了會頭暈。

我們樂於變成番民，房前即是稻田，又有果園魚池。我們常笑說不用買米買菜，門前有得是。房子是貼滿紅磚的透天厝。一樓挑高設計，客廳大得嚇人。光沙發椅擺了二十個座位，說話還有回音，妹妹說這樣好這樣可以開課。住在這裡，最宜傾談或看書，聊到不知天日，看書看到入定，這時就該去做長長的散步。我們住的那條街，是力力社昔日最重要的主街。當年郁永河遊至這裡，見平埔族孩童著漢服讀書聲琅琅，嚇了一跳，他並非驚嘆漢文化之無遠弗屆，而是訝異平埔文化之高雅。其時東港溪水大溪深，力力社是附近最大的部族，他們乘竹筏從上游划至這條熱鬧的大街買鹽買酒及其他日用品，如今那些商號已成廢墟，淹沒在荒草堆中。彼時的繁華為何突然消失？

主要是東港溪水日漸乾涸，平埔族又被日益增多的漢人，節節逼退至大武山下赤山萬金一帶。走在力力社昔日大街上，到處可見古蹟，紅磚造的商號，門面古雅，這裡的人愛種花種果樹，空氣中混雜好幾種花香與果香，小路特多，常常走到迷路。但只要看到東港溪，走上長長的堤坡，好像踏上群峰之頂，你將看到無垠的果園稻田和檳榔林，把南國的天空襯得無比開闊，溪流不盛，卻有股力量牽動兩岸的景物，它們也在流動，另流成奇偉的河。走在河堤，你會找到家的方向，走著走著不自覺喃喃自語，那是一首長長的史詩，河堤是魔幻的百年孤寂。

有一回騎腳踏車騎得好遠，騎到一個陌生的村莊，地名很鄉土，叫水號仔，果園中忽然冒出一間大廟，入廟看，供著媽祖、觀世音菩薩、天上聖母，這是少見的多神女神廟，可能是平埔母系文化遺蹟。廟的建築與其他不同，鮮有石雕，也無八仙。看廟的人給我一冊誦經，裡面誦詞如變文，皆是以女兒身分對母親的傾訴：「打從女兒出娘胎，身受百般撫育恩，娘親不怨生養苦，含辛茹苦爲兒身。不料兒墮萬丈塵，迷失本性遭萬劫。遍受煉獄水火煎，鬼哭神號無人救。娘知兒心萬般苦，萬里尋兒不辭勞，哭娘喊娘娘可知，兒今復入娘懷抱！……」

我默默唸誦，淚水噴湧而出，文字俚俗不文，卻字字摧心肝。聽說每年法會，千百人齊誦，那場景可令鬼神哭，天雨粟！

前年在這裡養病，幾乎天天來，來與鬼神同哭。人在苦痛時，特別依賴母親，母親常陪我說話，以前加起來的話也沒那段時間說得多。母親常埋怨父親種種不是，說得我變臉，誰願意聽人說父母的不是？也許母親的心病比我重。她憑自己的力量蓋起八棟樓房，將家道帶到頂端，卻在短短幾年間敗落，照顧癱瘓的弟弟，讓她瘦了二十公斤。弟弟的死更把她擊垮，而我不能安慰她的悲傷，反而常常對她發怒。母親說她痛恨男子，只要看到他們就覺得心煩，又說後悔嫁給父親，後悔執意要生男孩。我不悅地說：「不要說了，我不想聽這些！」母親的臉在抖動：「我爲你們蓋八間樓房……」我怎麼這麼殘忍，母親病得比我重吧？她說這些話是想迎合我吧？她以爲我主張女性主義，必然能理解這些，一個生病的人能有什麼主張？母親拖著老病的身子特地爲我包粽子，又找來種種偏方醫我的病，我小時候她從來不爲子女做的，現在她什麼都肯做。娘知兒心萬般苦，萬里尋兒不辭勞，哭娘喊娘娘可知？兒今復入娘懷抱！

生命眞的如同一棟大建築麼？也許我比別人多了一棟，它築在無何人之地，無何有之鄉。我眞的見過地獄的景象，但我無法告訴你它長什麼樣子；如同我見過天堂，這世上卻無話語可形容。

赤山萬金

村人罵人野蠻會說：「啊你是住赤山萬金庄？」

從力力社往大武山走，車行約三十公里就是赤山萬金。位在大武山山腳下，那是平埔馬卡道族所在地，最有名的標的便是萬金天主教堂，它建於乾隆年間，外表是灰色哥德式建築，裡面大紅大綠雕梁畫棟，一派中國風，不知誰正彈著風琴，聖樂震動梁柱耳膜，這奇異時空錯亂的教堂，馬卡道族的祖靈也群聚在這裡謳歌祈禱吧！他們的長相介於排灣與漢族之間，生活形態與漢人無異，而他們的位置比原住民更邊緣，漢族不認同他們，原住民也不，他們自己更迷茫。走在馬路上，到處是長相漂亮的小孩，溜著龍眼核那般黑又圓的眼睛好奇地對你笑，眞恨不得抱一個回家。也許我的血液中有一部分跟他們相同。也許更野更混雜，心靈才會如此暴動。我們都是混種，我們都是中間人。他們聞得出我，我也聞得出他們。

從這裡上山就是排灣族的部落，有一次上山參加排灣豐年祭，男男女女牽手唱歌跳舞，女孩在傳統服飾下，穿時裝和高跟鞋，她們的膚色變白了，也怕太陽曬，舞一跳完，紛紛躲到樹蔭下，或撐起陽傘。只有酋長披毛皮大氅，滿頭大汗還保持威儀。圍觀的人很多，都是城市人來看熱鬧，排灣也學會漢人的行銷，廣場上賣手工藝品和傳統服飾、書籍，像菜市場一樣。看著看著，一個男子跑過來對我說：「你是泰武部落的嗎？豬肉好了，快來一起吃！」我的內心一陣狂喜，我長得像排灣？

多年來我的心靈飄泊無根，上天入地求索，只爲問我是誰？我是誰，它是哲學的命題，也是身分的無解，這時有一雙命運之手推著你說：「喂！你是排灣！」我知道我不全然是排灣，然而我好不容易褪下世俗種種的僞飾和面具，我可以做什麼都是，什麼都不是的人，在這個層面上，我可以是排灣。

也許從很早以前我就是排灣了，當讀小學時我莫名其妙迷戀坐在我隔壁的排灣男孩，搞不清楚是迷上他美好的歌喉，還是他那曬足陽光的黑皮膚，還是我們有著相同奇異的血液。假日時爲此常常上大武山，到他住的部落，特地經過他家門口。從來沒有一次遇見他，卻滿山遍野都是他！他住在那個石板屋中？也許正在山野中引吭高歌？他說他要當一名歌手，我覺得這個志願偉大極了！

那個男孩終究沒有當成歌手，聽說他去參加歌唱比賽沒有得名，在六七〇年代，原住民還未得到應有的尊重。他不知流落到哪個陰黑的角落。在一次同學會中，他來了，卻低頭不敢看任何人。喑啞的夜鶯飛到哪裡去？

然而我也是一隻迷失的夜鶯，我以爲我是什麼，不是什麼，我忘記我是大武山之子，是馬卡道，或是眼鏡蛇之子，是山的偉力引領我到此，告訴我人與人沒有分際，人與自然不可分離。

山是另一種建築，是神的偉大創造，它的形體渾渾沌沌，走進去曲曲折折包容萬有，樹在這裡更綠，水在這裡更清，天更藍，花更香，人更是他自己。我能了解原住民爲什麼退居到深山中，一來是厭倦戰鬥，二來他們喜歡自然，是山的呼喚令他們遁入山中，台灣的深山美得無法想像，漢人卻狹隘地爭奪西部平原，台灣的靈魂不在西部平原而在高山森林。只要你走進去，就再也走不出來。

山是大自然最美的建築，當我爬上大武山，我看到整個屏東平原，還有貫穿其間的東港溪，遠望帶來甜蜜也帶來憂傷，這便是我的祖先代代生活之地，從這遷到那，幾百年不出眼前這小小的平原，天大的血海深仇，迭迭的繁枝密葉，都沿著東港溪迴繞，而且永遠繞不出去。

我願繞出這血的路淚的河，化作一隻老鷹，飛到山的頂峰。

關鍵詞3：渴

樂府詩云：「來日大難，口燥唇乾。今日相樂，皆當喜歡。」後兩句容易懂，前兩句以前想是文學的誇張手法。直到我在大難之後患了乾燥症，才知這是寫實。

醫生說乾燥症又名謝格連氏症，是一種自體免疫系統攻擊腺體的身心病。患者眼乾口乾吞嚥困難，夾雜著情緒憂鬱與失眠。

耶穌基督死前說：「我渴！」

憂傷的靈使骨頭甘涸，死前的耶穌承載著眾生的苦痛，他說我渴，是說許多人在受難，他們好渴如同我渴，你們不要吝惜給他們一杯水。

然而水是無法解除這種渴的，只有越喝越渴，口中又黏又澀，連說話都困難。我像神農嘗百草找尋各種解渴之方。極酸的維他命C片、薄荷、酸梅、金棗……，喝過蓮藕、黃梔、菊花、皇圃茶……，一切理論上能生津解渴的藥方皆無效，有一日吃到八仙果，口中如荒漠生泉，一陣狂喜，遂愛不離手，又加以無糖可樂，更覺滋潤，這兩種寶物是我的救命仙丹，出外旅行都得隨身攜帶。有一日在大考中心改考卷，正喝著可樂，一個詩人朋友訓道：「你怎麼跟我兒子一樣，整天可樂喝個不停，我講也講不聽，這玩意兒最要不得，聽說把鐵釘放進去都會溶化！」措辭如此嚴重，只好承認我有病，另一個散文家朋友說：「看不出來呀！氣色挺好的。你哪裡有病？」「我沒有口水。」散文家笑得花枝亂顫：「搞不好我也沒口水，我自己都不知道！」

苦難一經說出就不算苦難了，而且還成二度傷害，我得學會不再說明辯白。醫生說我的病史起碼有十年，從我眼睛乾開始，也許更早，從失眠開始。這兩個病是一起的。人越焦慮，尤其是戰亂來臨，最先感受的是缺糧缺水之苦，然後是生離死別的焦慮痛苦，接著就是生理上的乾渴之苦。

有時夢見在沙漠中行走，我的口好乾，眼好乾，肺好乾，就好像飄飛出池塘逐漸乾縮的蓮蓬，蓮子被挖光了，剩下好幾十張嘴吶喊著：「我渴！我渴！」而烈日當空，我不知走了多久，再找不到水喝，我會乾死。好不容易找到一脈甘泉，入口後變得又黏又稠，像膠水一樣，那口更渴了，嘴巴被強力膠黏住，再也張不開。我常在這種噩夢中驚醒。而現實跟這差不多。遂分不清是噩夢或現實。

我懷疑這是遺傳之症，母親也口乾眼乾，只因她有糖尿病，就把口乾當成正常。人的容受力是有限的，當苦難大過你的容受力，你的身體會出現警訊，口乾就是其中一種。以前自覺能量無窮，在困頓的環境都能保持樂觀，我還勤於養生，各種對健康有益的東西我都勇於嘗試。然而你病在你最不想病，最不可思議的地方。一個靠眼睛嘴巴維生的人，自此不太能用眼用嘴。不過人有什麼地方想病能病的？你使用過度，不斷摧折它，一切毀壞像天人五衰，如花枯萎，如衣撕裂，花草不香，蓮座不樂，能怪誰呢？

說起來這幾年天災人禍不斷。九二一大地震、九一一事件、美以戰爭，又加上國際性的景氣衰退，自殺得憂鬱症的人越來越多，口乾唇燥的人恐怕更多吧！這兩年台灣亦有乾旱之苦，稻作枯死，市區實施分區限水，三溫暖游泳池關門歇業。

那還是前年夏天，朋友互相鼓舞推行游泳運動，有個朋友照例是每天晨泳一小時，人變得精瘦小一號，看來年輕許多。游泳池歇業，她心焦得很，據說一天胖半公斤，不久又胖回來，她到處打聽哪兒有游泳池，搭計程車到偏遠的游泳池游，好奢侈啊！那一大潭水！

有個散文家寫一篇〈水來了！〉她心焦，讀的人更心焦。好苦的缺水季，大家都有同感。那個夏天，我停止游泳，漸有小腹，還有一點憂傷，好像病情從那時加劇。我寫了遺書，還寫了三本很黑暗的書，其實我只是不斷跟生命道別。張國榮自殺時，我追蹤他每個消息，好像那是我自己。這病讓我走進死亡的深谷，不可自拔。

在漫長的求醫過程中，認識無數醫生，他們大都能做到視疾如親，有個醫生說：「你必須學著跟病痛好好相處，因爲這病是不回頭的。」我覺得他是修辭家，忍耐說是好好相處，不會好說不回頭。另一個醫生說：「上天是公平的，得這種病的人大都生活優裕，長相美麗，可以說是『美人病』，其實都是一些不會致命的症狀，哪裡就那麼容易死，搞不好活到九十九！」這醫生眞會安慰人，我看過這種病人長得沒什麼特別的。說起來，這病跟類風濕關節炎，紅斑性狼瘡雖是同家族，我的病況算是最輕的。有一個小病號才九歲，她的關節腫痛，每天早上醒來全身僵硬，無法自己穿衣，用爬的走路，可是她很樂觀，不痛時快樂得像天使。友人C也是老病號，可他活力充沛，笑聲不斷，從未聽過他說哪裡不舒服，而且還做那麼多事。

看來我是最沒用的病人，我應該組一個謝格連氏症病友會，彼此互相打氣才是。此病在台灣還未被廣泛認識，其實這病最大的困擾是病患家人和最親近的人，因爲病人常無故發怒，脾氣變得古怪，老是憂苦著一張臉，非常難理解難相處。又常尋死尋活，鬧得全家不安。只因沒有口水，肚中的苦水特別多，如果把他們集合在一起，互吐苦水，相信會減輕憂苦。

有苦難言，寫出來也是小發洩。就像一千多年前那個渴得難受的古人，用筆寫下：「來日大難……」

在敦煌變文中發現極大量的藥師佛經文，藥師佛蓮座上有七層燈，五色彩幡，十二神將手持藥叉。西夏人民因地處荒漠，求醫不易，故特別崇拜大醫王。我想他們得乾渴之症的人特別多。故十二大願有一願謂：「使我來世，智慧廣大，如海無窮潤澤枯涸，無量眾生普使受益，悉令飽滿而無飢渴想，百食美膳悉持施與。」

病苦之來，與智慧有關？應該是與EQ有關吧！藥師佛全身透澈散發琉璃光。那是智慧飽滿的象徵。一個人的智慧不足以應付遭受的困難，再也笑不出來，日思夜夢，搞得免疫系統大亂，這是智慧病。

正在抄寫藥師王經文，忽然傳來一陣梵唱，我聽得發癡，心誠則靈，從內心深處笑了出來，口中亦覺一陣濕潤。

關鍵詞4：吉凶

朋友送我一條吉祥腕帶，五彩棉繩上，繫著兩顆相思豆。她鄭重地說：「掉一顆就解一厄，很準喔！」

我欣喜地繫上它，不時檢查紅豆掉了沒，好像有很多災厄待解，戴了好幾個月，紅豆依然未掉，我高興它還在，這表示災難未來，或者它無效。

一九九五至今是多災多難的凶年，凶險得連一樹相思豆都解不了厄。

一九九五到九六年，死了好幾個作家，首先是林燿德，再來是張愛玲和田啓元，最後是邱妙津。一個文化記者對我說：「眞恐怖，發了好多死亡報導，好像變成社會記者，凶年，這是一個凶年！」

我的感受更強烈，因爲大弟也死在一九九五，而我正要做張愛玲研究。那一年我剛好滿四十歲，疾病與衰老就快降臨，大死臨頭而不自知。我做了很多無聊的事，包括談一場荒謬卻轟轟烈烈的戀愛。一切都只是中年危機，怕死，怕死得沒意義，怕老，怕老得沒人愛，我還病著一種稀有的病，謝格連氏症，起初只是眼睛乾得難受。必須靠人工淚液才掉得下一顆眼淚。

那還是一九九五年的春天吧！我第一次見到剛要結婚的林燿德，和他嬌美的妻子，在新得出奇的大樓公寓中。新房的擺設很有格調，家具好像剛拆封的，最引人注目的是滿滿一櫃美麗的杯子。新娘喜歡收藏杯子，我也是，但我的收藏遠不如她的漂亮且富於變化，舉凡馬克杯、咖啡杯、酒杯，高腳的，有耳無耳，無所不有，我們都在談論那些杯子，並用其中的水晶高腳杯喝紅酒。愛好杯子的人是最平衡踏實的，她愛自己也樂於與別人分享，她夢幻也實際。我們的新娘子就像一只玲瓏剔透的水晶高腳杯！

那是我見過最漂亮的一對，詩人剛減肥成功，精壯而顧盼自雄；新娘纖細優雅，房子新美，一切是如此完美，詩人邀我參加他的婚禮，我說那天有課，他說：「你來，我幫你上課！」這麼狂！我笑而不答。

我沒參加婚禮，只答應送新娘子一個我最喜歡的杯子。不久傳來詩人猝死的消息，好幾天我懷想的不是詩人，而是那些美得不可思議的杯子和杯子的主人。我爲他們悲哀，而且深信新娘子會好好活下去，因爲那些杯子盛著安靜而平衡的心靈。在更深一層，我爲詩人短暫一生感嘆，他死得多麼像詩人，李白撈月而死，詩人看著那麼多美麗的杯子死去。葡萄美酒夜光杯，這麼美的人生値得走一遭吧！

家鄉屏東盛產相思豆，果眞是紅豆生南國，小時候的玩具中，就有紅豆串、紅豆卡片，打開抽屜、鉛筆盒，總有幾顆紅豆散落其間。在墾丁公園內，賣土產的店裡，有紅豆，做成的豪華項鍊、有嵌滿紅豆的公雞、裝滿紅豆的小玻璃瓶。到處是紅豆，我卻從未見過相思樹。友朋間互贈紅豆，也許就在紅豆樹下，卻不自知。

一九九五的中秋節前，張愛玲死了，她的作品令人無法接近，她的死亡卻讓人如臨現場。如雪洞般的房間，只有一張行軍床，一盞太陽燈，一疊報紙，她把自己光身捲在毯子中，什麼都交代好了，彷彿等這一天等好久了。連哭泣都多餘。好幾天我好像停留在那個房間，似乎參與她的死亡。我原本茫無目的的研究突然有了目標，彷彿有股無形的力量拉著前進，而我將前去的是何等凶險之地。難逃的情孽和不牢靠的婚姻一起粉碎。我一面應付窮追濫打的丈夫和情人，一面寫張愛玲，壓抑的情緒全部跑到筆下，一年完成三十萬字。這中間，弟弟和田啓元同一時間死亡，年紀也差不多，我把他們想成一個人。弟弟死的那個夜半，我突然驚醒，聽到電話鈴聲，我知道弟弟沒了，爸爸告訴我時，我想到媽媽和青妹，她們最疼他，於是撥越洋電話給青妹，打電話是我們唯一動作，在告知中傳達哀痛。宜妹說在電話來之前她就夢見爸爸打電話來說弟弟沒了，實情跟夢中一模一樣，又是打電話。弟弟走了，他活得盡興又痛苦，而我一點也幫不了他。田啓元的生命雖也暴烈，他用創作將它轉爲詩意。而弟弟到底在活什麼，活出什麼，我覺得空惘得可怕！

火葬場在歸來，鬼魅的葬禮令人不敢回想，連入殮也不敢看弟弟的臉，只有我和宜妹在充滿屍體腐臭味的停屍間爲他誦經。田啓元起碼有一大堆文藝圈的朋友送他。死亡來得這麼草率倉皇與錯亂，我恨不得不要再記起。上個月回家過年，車行中打瞌睡，有幾秒間突然清醒，好像有一隻手把你搖醒，車子竟行至八年前弟弟火葬的地點，我的心跳了好大一下，是弟弟在喊我，他仍在這裡徘徊不去。好悽愴的魂叫！

離鄉後的許多日子，很少人以紅豆互表情意，幾乎忘了所有紅豆往事，有時整理衣物，掉落一兩顆紅豆，兀自怔忡恍惚不知身在何處。

日子行至一九九六，邱妙津自殺，她是一個行動美學家，和三島由紀夫一樣，先在作品中導演自己的死亡，然後以激烈的方式自殺，一個是殉道一個是殉情，本質上卻無不同。殉道者最大的陰影留存，不是死亡者，而是愛他的倖存者。他們將帶著巨大的陰影不生不死地活著。在這種意義上，我也是劫後的倖存者。我被迫用這種方式去看待死亡，這種很少人理解的恐怖，只有莒哈絲說出一點點，至愛的弟弟猝死，令她一生陷入死的狂亂中，那也是她寫作的靈感源頭，從年輕到老去書寫不盡，愛是會寫盡的，死則不能。

一九九七至九八，我最後一點對愛情與婚姻的留戀枯竭，這意謂著某種解脫。從這一國飛到那一國，兩年內走過十幾個國家。因爲走路過度，我的腳大一號，正式變成大腳婆七一。結婚前才六九，生孩子眞的脫了一層皮，腳也大一號，堂堂邁入七〇。成長從腳板開始，這是多麼奇異！

二〇〇〇年，總統大選變天了我還在逛街，老實說我沒去投票。不是我不關心政治，而是堅持做一個不投票主義者。開票的時候還在逛街，從人們的言談中知道變天，我的心裡有種奇異的感覺，日子會有什麼不同嗎？九二一大地震間接使國民黨倒台，而台灣人的自尊團結，也被地震搖醒，我則在焦躁中得了異位性皮膚炎，紅斑疹從小腿爬到大腿。病症正在惡化中，我卻對自己的健康很有自信，吃素、打坐、練太極拳。幻想著成爲武功高強的太極拳師父。

相思樹的果實不是紅豆，紅豆的眞正名稱是小實孔雀豆，爲含羞草科，樹高可達二三十公尺，可說是巨人樹，花開就像雞毛撢子，莢果成念珠狀彎曲。這都是書面資料，我沒見過小石孔雀豆，可能是它太高大，或者南國是樹的國度，它很容易被遮掩，然我住的恆春半島，遍地長著小孔雀豆，我要去尋找日思夜夢的相思樹，做什麼呢？什麼都不做，就坐在樹下冥想。

二〇〇一年的車禍，來得好神奇，在我行走二十幾年的路上，貨車迎面而來，眼看車子快要撞上朋友，因驚嚇過度而往後栽。我是不想活了吧，我沒有勇氣自殺，於是採用這種方式自殺，然而並沒有死去。

二○○二年死了一個黃國峻；二○○三年又走了一個袁哲生，爲什麼都是五年級生？從林燿德、邱妙津到袁哲生？創作不能帶給他們榮耀與救贖，只有痛苦，而我們這些非五年級生，爲什麼還是傻傻地寫下去？甚至苟且地活著。我不怕死亡，最怕瘋狂。其實這兩者是相生相成的，因爲害怕瘋狂而自殺或在瘋狂中自殺。邱妙津、袁哲生都是這樣，那些口口聲聲說厭世的人反而活得好好的，那些不厭世的人卻死得那麼決絕。

在花店買到「初雪草」，原來遠遠看去如雪的白花，是葉不是花，好像是葉子老去白了頭，湊上去聞果然只有葉香而無花香。它比花還美，整簇淺綠淡白，插在花瓶裡素雅極了，果然像一場小雪初歇。這樣的花適合供在佛前，非花非葉，亦花亦葉，我供的佛也是非佛亦佛。

我的心業已平靜，不再辯駁，不再抗爭。我願承擔所有的傷害與苦痛，因爲我有責任，一切因我而起，就由我來結束。我的心已被馴服，不再有恨，六年來我的心被怨恨充滿，如在煉獄，遍歷一切虛幻，我又回到花前。將一捧花插入瓶中，如同將我那過於熾燙的心放入水中冷卻。

所謂的吉凶只是一念之轉，東方人的智慧多麼圓融。張愛玲、林燿德、邱妙津、田啓元的死皆有其意義。他們是最後一代的文學繆司，他們對文藝的愛是純粹且古典，他們的死亡代表一個文學盛世的死亡。這樣的人活在現在一定更痛苦，而我的弟弟不願拖累母親和姊姊，所以先走了，死前他回復到嬰兒狀態，裹尿布，爬行，以純稚的語言對母親說：「媽媽，我好愛你，下輩子我一定來報答你。」弟弟的生命像一首詩，雖然短一點，句句擲地有聲。張愛玲等人也是，他們都是用生命寫詩的人。

所謂吉凶禍福原無一定，禍福相倚，壞就是好，好也就是壞，如果生命平靜無波，我能夠理解這道理嗎？太愛自己好美名的人，最大的功課就要面對屈辱，小屈辱完了還有大屈辱，以前我能做到不辯駁，這幾年來我一直在辯駁，這只有讓事情更糟。現在我願放下一切，去尋求眞正的平靜。

東海多得是相思樹，此相思樹雖非彼相思樹，名字一樣好。我隨便走到一棵樹下，脫下鞋子在草地上行走，我的心喜悅極了，走沒幾步跳了起來，碰到樹枝，碰到更高，彷彿就要碰到青天，這時我手腕上的紅豆幸運帶不知何時脫落。

關鍵詞5：儀式

每天清晨，小祖母總會爲祖父端一盆溫度剛好的洗臉水，然後是一碗糖煮雞蛋。這時大祖母坐在房門口洗臉洗身體，兩個女人錯身而過，照常是不交一語。大祖母在眾人之前赤身露體不太好看，她爲什麼不在房間洗呢？這個畫面天天上演，沒有聲音，只有動作，不知爲什麼種在腦海裡拔之不去。

一切都爲了愛吧！大祖母怕吵醒祖父，也避開小祖母的殷勤舉動，讓他們有機會說話，要不就是擋在門口不讓小祖母進來。可小祖母偏要進去。到底是哪一種，我到現在仍弄不明白，因其不可解，它變成一幅畫，一個儀式。

另一個畫面是大家正在吃飯，看到大祖母來紛紛走散，她裝作若無其事地慢慢吃，吃完順便餵她養的貓咪。這隻非常不得人緣的貓咪，我們看到牠總要踹牠一腳，最後被祖母門板壓死。大祖母嘴裡不斷詛咒，朝我們的大腿猛掐，說死查某鬼將來沒人要。我恨她，我們都恨她！

我們在充滿恨意的環境長大，無法察覺愛的存在，爸爸媽媽之間有愛嗎？爸媽愛我嗎？我愛爸媽嗎？人與人之間有愛嗎？恨容易被發現，甚至掩蓋了愛，現在許多愛的線索一點一點被發現，原來它是以無言的畫面呈現的。這些畫面看來平淡無奇卻無法抹滅。譬如，父親要抽菸時，母親總會適時地遞上菸；父親出外旅遊時，爲母親買回的廉價首飾，她還是喜吟吟地帶著。我得到鎮長獎，母親讓我獨享一罐荔枝罐頭；下雨時，母親撐傘到車站接我。

沒有言語，只有畫面，這便是愛的儀式，一個人的電影。

有一件男用大衣，每打開衣櫃，不敢去碰，看到心跳不已，馬上關上。那是我在美國買給孩子父親的禮物，米色開司米爾羊毛大衣，穿起來像銀行家。多年前的冬天，他穿著這件大衣來，兩人談判破裂後，他脫下大衣帶孩子走，走前說：「只要你帶這件大衣回來，什麼都不用說。」六年過去，我始終沒有回去，大衣埋藏在衣櫃裡，它也變成一個象徵，一個儀式，令人害怕看見。

孩子三歲時，第一次離開我出去遊玩，行至半途他自言自語：「媽媽一定很想我！」那時他三歲吧，大人抱他去打電話，他在金山海邊說：「媽媽！我一下下就回來了！」回來後我們去逛大街，孩子想吃雞血糕，我嫌不乾淨不讓吃，孩子癡癡地看著雞血糕說：「我口水快流出來了！」我一時不捨，就讓他吃一口，他眞的只吃一口就滿足了。這孩子話不多，但都說在緊要處。他已忘記說過這些話吧！在我的腦海裡卻無比清晰。

人一輩子擁有的愛之畫面有限，但足以驅趕所有的恨，愛是放映機，恨是影像，這裡面有生命的眞義。

關鍵詞6：騎單車

小學一年級，班上同學爭相學習騎單車，遠來的同學騎大人的腳踏車上學，羨煞我們這些走路上學的。總是在下課時間，幾個同學抓住腳踏車的後座與之搏鬥，車上一個小小的人兒，一台大大的車，巍巍顫顫地蛇行，沒多久就摔下來。那些大膽的一摔再摔不怕疼，不久就學會了；那些膽小的，摔一次兩次就不敢試了。

那時鮮有孩童騎的腳踏車，都是小人騎大車。大人的單車前面有條鐵杆，小孩坐上椅座兩腳離踏板甚遠，飛也飛不過那條橫杆，你得側貼在車畔，腳從鐵杆下伸過去，像馬戲團特技表演，哪吒側走風火輪，後來看宮崎駿《龍貓》，裡面的鄉下小男孩也是這種騎法，不覺莞爾。

我是到四五年級才學會跨上去，推著車子快跑，左腳踩在腳鍊的護殼上，像溜冰一樣右腳住後拋，飛上椅座，國父革命十次成功，我起碼摔了百次才成功。全班只剩下我不會騎，這壓力太大了。

飛是飛上去了，卻沒學會下來，我媽常看我飛車經過家門口，沒停哩！追出來看，不是撞到電線杆，就是被別輛單車撞下來，我下車的方式就是如此悲壯。

我常夢想騎著單車，唱那首：「我愛吹口哨，騎著單車快跑，多麼輕快美妙，啦啦啦……」沒想到是緊張兮兮，騎著單車快倒，多麼笨重悲慘。

六年級終於學會完全騎單車法，於是常偕伴遠征來義，那是排灣族的山上部落，其時十分純樸天然，沿路上山都是石板屋、樹薯和瓊麻，小孩群聚在吊橋之下清溪之畔玩水唱歌，他們都有天生的好嗓子，清亮的歌聲在山谷中迴盪。坐在我隔壁座位的男同學，是來義排灣人，歌聲極好，常參加歌唱比賽，他夢想著當歌王，夢想使他全身發光，比一般人早熟，俊美的臉孔壯碩的身材，是個小巨人。我也喜歡唱歌，是合唱團的一員，同學把我們配爲一對。因此到了來義，路過他家我當作沒看見，要這樣才足以表現骨氣，對抗輿論。

然而，我是還不知什麼是夢想的渾沌女孩，生活目標就是會騎單車不要跌倒，許多年後辦同學會，他的歌聲依然美好，卻沒有如願成爲歌王，在那個年代，一個山上的原住民想往上爬幾乎是不可能，他好像讀完小學就沒升學，也沒長高。小巨人被現實的籠子困住了。

當我能優美地躍上有鈴響的女用自行車，已是終日自閉在幻夢中的少女了。每當讀完赫曼赫塞的鄉愁文字，便騎車一路叮噹飛入田野山林，大武山是赫曼赫塞歌詠的青青山脈，還有飛舞著白鴿的天空，醉夢中的流浪，智慧與愛情並無衝突，愛詩愛歌的青年多麼適宜帶著鄉愁流浪！然而我哪裡知道什麼是鄉愁什麼是流浪？不就是愛美，容易感動。我以爲赫曼赫塞是我，我是赫曼赫塞，泗林的原始森林是德國黑森林，東港溪是萊茵河，而我總從遠方眺望我那有著鴿舍的家，有少年在樓上揮旗語，我看得見故鄉，故鄉看不見我，爲此兀自酸楚著。

多年後到德國，船行萊茵河，兩岸的風景大異故鄉，在比利時，售貨員看到德幣不肯收，日耳曼民族令人又愛又恨，我們是不同種族不同性別的人，爲何赫曼赫塞曾經籠罩我整個心靈？是否他對我是個生命預言，預言我將遠離故鄉，愛熱情甚於智慧，像流雲一樣居無定所，永遠在尋找有樹林的地方居住，一輩子都是鄉僻之人。

初戀的男孩也愛赫曼赫塞，歌唱和腳踏車。我們常騎著腳踏車尋訪新的祕密基地，一路瘋狂地吼歌，潮州大橋的落日是我們的最愛，腳踏車雙雙放倒在椰子樹下；我們在橋畔互訴自己所愛，卻忘了愛彼此，因而在悲嘆中分離。彼此了解彼此的痛苦卻無法安慰，從早至晚騎車在鄉野中漫遊，有日在路上迎面碰上，他的臉扭曲痛苦，十九歲的少年已然滄桑，但我們喜歡的還是同一條路，那條路我騎過千遍萬遍，這能夠說是分離嗎？

往事如風，悲喜難分。在木柵我有輛腳踏車，常在景美與指南山下穿梭，同學大多不會騎腳踏車，不免有些洋洋自得，然也不敢騎到大馬路，我一慌就露出本相，不會下車，就像比薩斜塔倒下來。那時流行鍾曉陽《停車暫借問》，我頻按剎車，將車速控得極慢極慢，想去報名參加「比慢大賽」，這時迎面走來祕密男朋友，我遂摔倒在木柵路上眾目睽睽之下。這是摔車暫借問了。

東海多坡道，不利行單車，初來時不怕死，騎腳踏車從台中車站遠征東海，車行至朝馬，勉力上坡，從車上摔下來，便推車遊行十公里，路上有牛車汽車就是沒有腳踏車，行人都以呆子的眼光看我。我為湔雪前恥，第一代本田五十上市，就去買了一部，聽說我是東海第一個騎摩托車的女孩，為此被視為壞女孩，那是七○年代，告別騎腳踏車的年代。

我的腳踏車與鄉愁，青春，愛情，摔倒相連。睽違多年之後，在西安旅行，借來一台腳踏車，騎到王寶釵的寒窯，楊貴妃的驪山，杜甫的大雁塔，單車旅行眞浪漫，那是春節前後，寒風襲人，偶有小雪，吃完了鍋盔紫米粥羊肉泡饃用力踩車，一肚子油腥在激烈的運動中消耗完了，遂去古城牆看戲吃餃子大宴，我特愛小米做成的饃饃，搋一兩個在口袋裡，一撮一撮摳下來吃。又驪山的石榴忒大忒美，剝開來滿兜紅寶石。陝北人粗豪不拘小節，談笑間忽然呸出一口痰，這樣的人適合走在長河落日，大漠孤煙中。朋友是洛南人，老愛嘲笑洛北人是土匪出身，他自己家人和鄰人爭吵，父母七八十了，還打得住院，脾性夠悍。

還是荷蘭人秀氣，近兩百公分瘦長個子上一張小臉，連老年人都漂亮苗條，只談戀愛不結婚，人人都在備戰狀態。馬路上都是腳踏車，可說是全民運動，公雞母雞滿街跑，荷蘭人不吃雞，環保得不食人間煙火。騎幾步就到鄉下，草地美如蜂蜜，人們在水上划舟，在屋前種花，簡直是童話世界。原來畫中的風景是眞的，昔日尼德蘭的風景畫命令畫家走出戶外，開創了印象派。荷蘭人之熱愛戶外運動，活得健康自然，令人嚮往。

在台北那幾年，爲了接送孩子上學，買了一輛腳踏車，車行在松山近南港，走之觀之令人發思古之幽情，黑黑的店面，大大小小的腳踏車，滿手油污的老闆，還有打氣筒，跟三十幾年前的鄉下沒兩樣。試車時覺得不可思議，在大台北的馬路上騎腳踏車眞是稀有人種！後來在小學門口看到許多家長穿著隨便，一邊打呵欠一邊騎車載小孩，天下父母心，他們是台北腳踏車運動的先驅。

孩子現在有一部腳踏車，只在鄉下老家騎，爲此他天天盼著放長假，有腳踏車的童年必有祕密的喜悅，如果說步行是哲人之境，騎單車是詩人之境了。只是小路上常只有他一人，繞一兩圈就回來了。如果有一群夥伴，他們會騎到天邊去，騎到夢幻中。

可以想見在台北市騎腳踏車是如何孤單，舉世皆快我獨慢，大家正風靡捷運，潮水似地往地下鑽。想優閒地騎車，需要伴也需要心情，像自由車選手那樣拚命，全副武裝，太引人注目，最好是情侶或三兩好友，載著寵物去兜風，在彎彎曲曲少有人行的小巷中，騎向孤獨夢幻之境。

關鍵詞7：金雞之年

都怪姿妹貼在廚房門口那副春聯，吃完年夜飯，我忍不住批評字不漂亮，她搬出筆墨說：「那我們自己來寫罷！」我們就在撤掉年夜飯的大圓桌上揮毫，大姊秀出從日本買回的自動毛筆，第一筆就是招牌的「錦瑟無端五十弦，一弦一柱思華年，莊生曉夢迷蝴蝶，望帝春心託杜鵑」，她的記憶力一向驚人，過目成誦，寫完李商隱接著是柳永、蘇東坡，宜妹則是岳飛〈滿江紅〉，非常符合她警官的豪邁性格，這時我也免不了要上前去獻醜，待要落筆時，腦袋空白無一字，只寫了「蘭亭集序」四個字，接下來是姿妹的草書，倉勁有力，別具一格。

好勝的大姊要父親評比，父親下了斷語，無奈大姊不服，她說：「我的日本字寫得較漂亮！」說完又寫一張，父親依然不說好，大姊只好自嘲：「我起碼可以替居酒屋寫菜單。」大姊的好勝爭風，將妹妹們一個個往上帶，卻讓我們從小生活在高壓力鍋中，比容貌，比成績，比才氣，比生子。爲此她吃了許多苦頭，我們也跟著受難，弟弟更因此被判出局。這是另一形式的骨肉相殘，令人覺得疲倦極了。

書法之感染力驚人，輪流上陣，不知不覺中送走舊的一年，我們齊推父親寫字，母親說：「老師出馬了！」父親未戴眼鏡，茫茫寫下日文祈句，爲怕我們看不懂，又再寫中文：「金雞之年，家族一同，願是無病息災。」父親不求名不求利，但求家人相聚，無災無病，這是人最低的要求，也是最好的要求。他也不求表現，只用三分力，留七分殘缺。我們都不愛殘缺，然而生命至最後終究是殘缺。

父親的字比這好得多，但今天他完全不在意，宣布他五年來的失眠之苦終於解除，不用吃藥也睡得著，正準備要作旅行計畫，近八十的老父說著笑得像孩子。前一陣子他寫完自傳，細訴一生之寵辱得失，結尾自謂可以安心養老，如果書寫眞有治療之效，對於老年人尤其需要，這時吹來一陣風，寫好的字紙掀起沾染一些墨水，大家齊曰可惜。鞭炮聲中，姊妹們紛紛入寢，我將父親的墨寶疊好，這將是我最珍貴的收藏。

我們都沒能繼承父親的好字，只有死去的弟弟最爲接近，也已成爲絕響。容貌才氣出眾的他，只因爲成績不如姊姊，而走入另一條凶險之路，而至早夭。誰爲爲之，孰令至之？我看著父親的字，不覺眼濕。

我以前總喜歡美一點聰明一點的人，這是另一種勢利，所謂的鶴立雞群，金雞獨立，皆意謂著不尋常，不尋常也就不平安。

金雞之年，我只求平安。但願人人多愛自己一點，分一點心愛別人，不爭鬥，不相殘，美醜優劣賢愚智不肖皆各得其所，無分別心，無等差，天下太平。

三 FOR YEAR

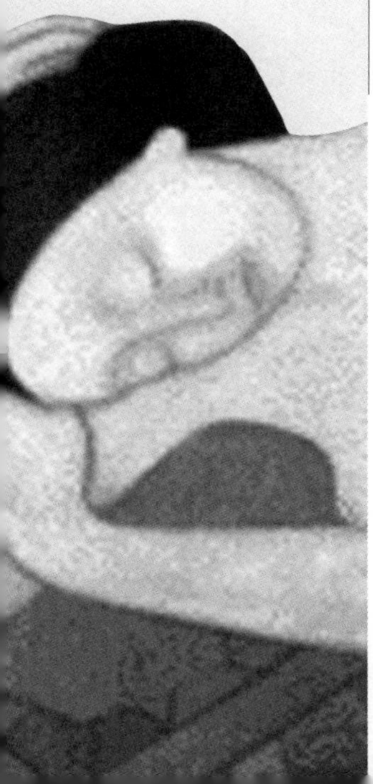

愛歌的少年

你說你愛聽歌唱，尤其是一個人在家讀書，整個房子空蕩蕩，你讓歌聲塡滿。我寄給你幾張CD，想像這是爲你唱的歌聲。我可以想像你坐在客廳飯桌前讀書，桌上散布著測驗卷和參考書，還有一台音響不錯的手提收錄音機，家裡一個人也沒有，你父正在上夜班，你必須管好自己，那歌聲是唯一陪伴你的家人。

我也喜歡一個人聽歌，哈薩克的民謠，或俄羅斯歌曲，文藝復興時期的古曲，那越遼遠的曲調越能激發我的聯想；流行歌曲太近了，幾乎沒有想像空間。

有時聽歌會令我哀傷，曾經能歌的人，現在已然喑啞。

那第一個發現我能歌的人，大概是小學老師，他點選我參加縣合唱比賽，每個周末懷著美好心情去練唱，那時唱的是尖小的高音，混在合唱中顯得盛大磅礴，第一次發現歌聲的力量可以匯細流入江海。有一天禮堂舉辦中學獨唱比賽，那個站在窗口聽歌的女孩，驚嘆一個人的嗓音可以如此神奇美妙，那時的自選曲大多是〈教我如何不想她〉、〈天倫歌〉、〈紅豆詞〉等藝術歌曲，唱歌中的人看來像超凡絕俗的神人，向聽歌的人傾注天語綸音，人身是多麼奇妙的樂器，胸腔腹腔與口腔的共鳴，可以摹仿風嘯電掣海哭雷鳴，乃至禽呼獸嚎鳥叫蟲吟，我喜歡男高音聲拔雲霄；也喜歌女高音如泣如訴，更喜歡低音渾厚如悶雷如鼓擊。歌唱中的人如神人遨遊天際，全身閃著星輝。

年少時迷維也納兒童合唱團，歌劇電影《眞善美》、《窈窕淑女》，那首「The rain in Spain stays mainly in the plain.....」整天哼著不停。阿姨一家也愛聲樂，常常阿姨彈琴，姨丈和表弟輪流演唱；大姊與我歌聲普通，但常合開演唱會，她的招牌歌是〈遺忘〉，我的是〈輕笑〉，那時唱歌雙掌得交疊在腹前，隨著音調起伏拉來拉去，嘴張得老大像打呵欠。兩個不良少女成天在戲院門口打香腸看漫畫，只有唱歌時才有點樣子。我們都是學費明儀女高音起家，那時以爲唱歌就只此一種。

後來聽流行歌曲老學不像，我們的美聲唱法過時，音階太高只能唱小調，去KTV總會引起滿座大笑。沒辦法音調降不下來，多麼寒冷的高音。

教書之後嗓子磨損，聲調越來越低，低到只能唱蔡琴，高不成低不就乾脆封口。還是喜歡會唱歌的人，迷戀過許多歌手，Joan Baez，披頭四，貓王，多明哥，用歌聲餵養我的夢，期盼能生下一個男歌手，聽你出生初啼，是低啞的老生，我暗叫完了，我的維也納少年！

相信在你身上埋下愛歌的種子，四歲時你爲自己挑的錄音帶是潘協慶，很快學會主曲，常一個人大唱大跳「你有沒有一個叫做寂寞的朋友」，孩子是天生的歌手，五音不全卻唱膽奇大，就像一台錄音機。也許我的歌唱只是錄音機時期特別長而已。偶爾陶醉在自己破碎的歌聲，那是本能的甦醒。我就像筆記小說中那個違誓再嫁的歌女，被神射手射中喉嚨，武功盡廢。

爲了挑幾張CD送你，在音樂城泡好幾個鐘頭，現今的歌手沒一個認識，記憶還停留在羅大佑黃鶯鶯，他們多已不唱了吧？更悲傷的是鄧麗君已死，小調今人多不愛，現在流行藍調rap加搖滾，我聽了王力宏蕭亞軒范逸臣，白頭宮女吃了一劑大補帖，總算抓到流行的尾巴，買了周杰倫和伍佰，倉皇逃走，一路唸老了老了。

忍不住誘惑拆了封口聽伍佰，第一遍不覺得特殊，第二遍漸入佳境，身體跟著晃動，再聽幾遍也許可以琅琅上口，我學歌的速度一向快。歌聲依然帶給我快樂，陰鬱的夜晚變熱變辣。如灰的心眞的可以重燃？

在這之前我是刻意禁絕歌聲，再也無法忍受任何聲音的干擾，看書寫字時不接電話，也不許有腳步聲和音樂，在無聲的世界忘卻塵俗。這種習慣總有十年以上。我像晚年的貝多芬，失去聽覺，卻瘋狂捕捉空中的音符。

這應該起因於那次被竊聽吧？當我聽到自己的聲音被錄製成好幾張錄音帶，對人心之險惡感到絕望，當然我的聲音也是很難聽。人類美好的發明往往變成殺人的武器，它同時殺死我的聲音。

錄音機剛出現時，人們常錄下自己的聲音當作書信，其中有祝福和良善美意，不久成爲監聽的工具，孩子，我如何告訴你這些醜陋的事件，人在極度憤怒仇恨之下，美好的轉爲醜陋的，理性的轉爲非理性，也許我們都有醜陋非理性的一面，當它趁隙而出之時，潘朵拉的盒子被掀開，世界不再美好，潘朵拉不再純眞，她長出飛蛇似的白頭髮，並有一雙惡毒的眼睛。

世界翻轉一百八十度，昔日的愛好變成畏懼，以前迷戀劇場，現在遠遠隔絕；以前熱愛旅行，現在害怕外出，連半天的行程都覺得累；以前喜歡聽音樂會，現在連CD都懶得放。心情變冷，身體變壞，所謂打擊磨難，竟是把我們改造成相反的人。

一切是我的錯，我不應該掀開那盒子，孩子，如果你對現在的母親感到陌生，請你再去尋找另一個盒子，這世界必然還存有純眞與美好，我也要去尋找治療心魔的解藥，那將會是一個音樂盒子，我們彼此相倚，一起聽那至眞至善至美的歌聲。那時一切的罪孽將被洗滌，一切的過錯將被原諒，那是我們的彌賽亞，在神的榮光中，我們又再度看到天堂。

如是，我要寄給你一張無聲無形的CD，那裡收錄著我們的過去，是歌聲築成的純美世界，那時我深愛著你，你相信我的愛，那樣的世界必然存在，一定要存在，否則我們如何欣悅有力地活下去？如果我們不能合唱，就讓我們獨唱，唱出生命永劫回歸的孤獨：「若我不能遺忘，這纖小軀體，怎能載得起如此沉重負擔？」那裡必然也收錄著我們的未來，相反的相反不是回到最初？因此我們從過去就可以找到未來，最初的我們就是未來的我們，如是，未來與過去有了連結，不再是餘燼也不再空虛，有一首希望的歌，等著我們高歌。

Dear Year，如果你無法聽懂這首歌，請聽第二遍第三遍，歌總是在第二遍時漸入佳境。

完整與分裂

彷彿在一夕之間山風變狂，天候變冷，這個新秋如此陌生，連寒衣也是陌生的，初披上時如蛇皮蛇蛇上身。

你我也在一夕之間變成陌路——至高至明日月，至清至淺清溪，至親至疏母子。如果我知道那一天在與你父談判之後，你到我床前說：「媽，我要走了。」此後將失去你，我會緊緊抱住你，不讓你離去。一個如天使般的小男孩飛走了，沒有人告訴我他到哪裡去了，從此你我之間阻隔著巨大的時間與空間，它們永遠停格在六年前你離去那一刻，不會再增益，也不會縮減，恰恰好是一個十歲男孩的身影。

我想像你是我在兵荒馬亂中失散的孩子，頸上戴著母親爲你祈福的玉珮，那裡有著愛的印記和不為人知的身世，牧羊人收養你，將你養成強壯的田野之子，有一天你將完成光榮的任務，解救你母親於惡魔的古堡；我想像你是哈利・波特，受盡人世的屈辱，你臉上的傷疤原來是英雄的標誌，你會在魔法世界找回榮耀的權杖，你也將發現在另一個世界父母對你深沉的愛，那將是你魔咒的來源，賦予你無窮盡的能量。我們或許能接受完整，也能接受分裂，卻不能接受它們同時發生。孩子，現在我要漸漸地去面對，你我之間存在乍然的凹陷，我碰觸不到你，你也碰觸不到我。可以感覺你深深恨我，這令你一夕之間長大。一個悖德的母親，被妖魔化，被家庭除名，我在罪惡那一岸，你在懲罰的另一岸，如果我曾被五馬分屍，那麼我的心魂仍甘願留在彼岸，這一岸的只存餘破碎的身軀。

悖德的背後是眞誠，這是一句詭辭嗎？悖德的前面是僞善，我曾經扮演淑德的女子十多年，然而我並不覺得自己道德，而是虛僞。我見過一些虛僞的婚姻，它們表面沒有破綻，種下的是憎恨的種子。憎恨自己憎恨別人，從小我成長的環境即是如此，祖父母的婚姻不美滿，父母的婚姻算是和諧，但他們都來自破碎的家族，一生都在家庭的陰影中度過，也許我從不知完整是什麼，但我知道失去你，我將如殘廢般存活。我們應該共同擁有過完整吧？母子相依相存，連結成獨立圓滿的小世界，一同呼吸，一同心跳，短暫的分離都不能夠，因為那太完美了，必然會被打破，重塑一個你，重塑一個我。

也許這就是生命的必須，完整與分裂是一體之兩面，萬事萬物都是相對，而非絕對。分離正蘊釀下一次的聚首，如是，長相守只是個想望，生離死別才是常態。我常想，如果我們不分開會是如何？

我的朋友曾對我說：「你這麼認真教別人的孩子，就不願當全職母親教自己的孩子？」你也曾經說過：「媽媽只喜歡別人的孩子，不喜歡自己的孩子。」這也許是當老師的通病，把春風吹向學生，卻把嚴冬留給孩子。

老師的孩子大多不快樂，不是被愛得過多，就是被愛得過少。

如果我們還在一起，我會跟以前一樣，五歲帶你出國學英語，六歲要你學鋼琴背唐詩，七歲學寫詩，八歲學電腦，九歲會游泳溜冰，十歲到處投稿發表作品，然後帶你去驗智商，逼迫你跳級，好證明你是神童，沒有人比上你。虛榮如我，肯定會這樣做。

不久你就會恨我，恨自己是老師的孩子，如果你再不反抗，我會繼續逼你，考上建中，考上台大，交什麼樣的女朋友，到宿舍去替你洗衣服，任何事我非插手不可，連結婚後也不放過你，讓你妻子恨我，我卻拿個「孝」字讓你們俯首認錯。

驟然離散，如遭雷殛，你我都跳開，各自痛自己的痛，你以冷漠對抗我；我常在麥當勞肯德基一面吃著漢堡一面流淚，看著孩童的身影失去魂魄，那個會逼迫人的老師母親，整整六年無法動彈，你的成績退步一些，尤其是國文與寫作幾乎荒廢，過了十五歲，再也沒機會當神童了。然而你還在十名之內，這才是你自己念出來的，乍遇家庭破裂的小孩，成績往往一落千丈，你卻沒有，還是極有人緣的小孩。每次去看你，同學不斷喊：「阿姨！他清潔比賽得第一哦！」「阿姨！他當衛生股長哦！」這些孩子眞善解人意，知道我就是想聽到你的好表現。

你失去一個虛榮的母親，卻找到自己，我從來沒發現你的服務精神和同情心，你會爲家貧的同學帶早餐，甚至把中午的便當分他吃；你會爲了班上的榮譽，把教室打掃得乾乾淨淨；雖然你的房間髒亂不堪。我培育你成鳥瞰的詩人，你寧願作仰望的清道夫。

還不過多久以前，你是襯衫一半在外，穿鞋不繫帶的邋遢小孩，不肯收拾房間，也不碰家事，我從未給你清潔的概念，我是個家事不及格的邋遢母親。可以想像你是在成績之外力求補償。對同學那樣大方友愛，是出自你明朗熱情的天性，這是從前被我忽略的。

獨生子的你，格外渴望友伴，五六歲在美國，你有許多男伴和女伴，成天地在一起玩耍，很早你就放棄找我一起玩，除了說故事作功課，我是不好玩的母親，成天埋在稿紙和書本中。找不到伴你寧可自己玩，寒天大雪，你穿著雪衣雪靴，躺在雪地上看雪飛，你知道我會看著你，常常回頭嬌笑，但我不會放下書本走出去跟你玩。

心不在焉的母親造就一個自得其樂的孩子。

你已慣於分離，第一天上幼稚園回來，我在屋中看你下巴士，你並沒有奔跑回家，一路走一路看還一路採花，我失望極了，你並不想回家。慢吞吞推門進來，淡淡叫了一聲媽，然後把採來的花放在桌上說：「女孩子都喜歡花。」我發狂似地摟住你，多麼靜定的外交家！

你一定也用同樣的方式擄獲許多人的心。你獨立沉穩友善，縱使你不是神童，不是模範生，上天也奪不走這美好的品質。隔著距離看你，更加覺得我不該占有你，主宰你的生命。

你是多麼喜愛學校生活和同學，有一次見你，同學遠遠叫你，你那原本呆滯恐懼的臉露出喜狂促狹的表情，我遂覺得自己多餘，我帶給你的都是你不要的吧？你一向不善於表達憤怒，畏懼長輩和暴怒的人，這使你善於隱藏情緒。沒有我的日子，你一定渴盼上學，連補習班都不討厭，每天早出晚歸，然後睡在以前我睡的床位，緊鄰你父，那是你唯一的家庭溫暖。

當我接到你署名 Year 的賀卡時，馬上以 Eve 之名回覆，那意味著我們是平等的朋友，不再是悲哀的母子關係。命運讓我們母子乖違，卻讓我們相逢於一張賀卡。Dear Year, I miss you for many years! 年年歲歲花相似，歲歲年年人不同，我對你傾訴，不再想占有你，訓示你。我要對你訴說無盡的愧疚和思念。原諒我離開你，離開你並不代表不愛你，分裂也不代表不再完整。有一天你會找到自己的完整，擁有更多的智慧與愛去給與。我也要去尋找我的完整，到那時我們會更懂得以愛相待。

父家與母家

這個暑假我完成多年的心願，到外祖父的老家——楓港，那是台東與屏東的交界，每年伯勞鳥群棲之地，緊鄰林邊車城，依山傍海，是個寧靜優美的小鎮，小時候有人提及「楓港」這兩個字，我的心便迴盪不已，沒想到跟它有血脈之親。

聽說我長得像外祖父的姊姊阿炭姑婆。外祖父是獨生么子，上面有好幾個姊姊，分別是阿葉、阿知、阿炭。其中阿知姑婆是一流的長衫師傅，那時也算專業的職業婦女，有威嚴又很會打扮，頗得人尊敬，像極青妹。阿炭姑婆，講話細聲細氣，個性溫柔，厚情多心，眉頭憂憂結結，眞愛美。

那不就是我嗎？遺傳是那麼奇妙，宛如一個人再生，將來也會有一個人，帶著命運與遺傳的複製，不自知地被生下來，自以爲前無古人後無來者？

小時候，常有人說我是抱錯，或撿來的。我長得既不像父親也不像母親，他們都很漂亮，我勉勉強強只算清秀。父家的人較淡漠自私，母家的人熱情奔放。記得常跟外祖母坐火車到屏東，然後走一個鐘頭到她那搭在河邊的破舊小屋，外祖母是個沉默苦命的女人，因不被外祖父喜愛，年輕輕就被逐出家門，帶著才三歲的阿姨和在襁褓中的小舅，每天穿街走巷賣布維生。我那個性剛烈的阿姨每提外祖父就咬牙切齒，每看《煙雨濛濛》便哭，說故事情節完全一樣。

我跟阿姨很親，是她帶領我進入文學和音樂的殿堂。我跟外祖父和外祖母更親，他們都是感情豐富，生命力強旺之人。我在他們身上感受到愛，這是在父家所沒有的。是不是不占有，更懂得愛。所謂外家，是不具備名分的外人，因著父權的規定，被驅逐到邊緣的愛。

弟弟開車載我沿著屏鵝公路進入楓港，天氣炙熱陽光刺目，海面有光如鏡，矮坡上應有羊，低矮的熱帶植物，好似赤子的胸襟，毫無隱藏。我們手上只有兩個名字「洪木坤」和「洪炭」，沒有地址，算一算他們都是百多歲的人，怕是早已不在人世。剛好弟弟認識當地警察，我們便直奔派出所。

派出所前面有一小廟，旁邊有一棟紅磚古樓，我對紅磚樓多瞧幾眼，該不會是這裡吧？弟弟的警察朋友幫我們打了幾個電話，都查無此人，他說洪家在楓港是望族，而且僅只一家，前任鎮長便姓洪。於是我們找到洪老鎮長，他經營一家旅館，人已七十幾，剛開完腳關節手術，行動不便但人很熱心。他說姓洪的在楓港都有親戚關係，一共有四支，有一支知書達理，有一支兇悍好與人鬥，是比較早到的，他是屬於比較晚到的一支。姓洪的都有親戚關係，我們當下差點認起親戚。我提到洪炭，他記得九十幾歲的堂哥的太太就叫阿炭。說到這裡午飯還在桌上也不吃了，就帶我們到堂哥家。

老堂哥的孫子開水電行，他自己九十幾歲了不駝不跛，就是重聽很嚴重，說話得用吼的，老鎮長吼：「令某咁是叫阿炭？」「是啊！」我和弟弟交換一個驚喜的眼神，是了，找到了！「咁是姓洪？」「不是！」「你咁知洪炭這個人？」「陳子文他老母叫阿炭，姓洪哦！」「哦！我知道了。」

老鎮長帶我們住警察派出所的方向走，在派出所前的小廟停下來，裡面小廳有一老人躺在躺椅上，我一提外祖父洪連德他馬上大笑：「阮舅公啦！」原來他是阿炭姑婆的孫子，應該叫表哥。他已七十幾了，中風後不良於行就躺著，很激動地訴說：「阮舅公足愛打獵，飼一隻獵狗歹槍槍，伊愛呷那寶，說狗比人還忠！阮母死的時陣，伊拿一隻拐杖來，我們跪一整排等他，他一個個敲我們一下，好氣派！我們都很怕他！」記憶中的外祖父跟他形容的差不多。他打男的，疼女的。他疼母親連帶疼我們姊妹，我更覺得他疼我多一些，會不會是我長得像阿炭姑婆？

阿炭姑婆嫁過兩個丈夫，表哥的祖父是第二個，那個原本熱心的老鎮長早就跑了，表哥的母親是二嫁，嫁的是乩童，沒門沒戶的，怪不得要跑了！沒想到外家零落若此。母親說外祖父的祖居在車城，曾外祖父有一次牽牛到楓港賣，被人害死，留下遺言說賣牛的錢藏在牛欄。其時外祖父尚在腹中，祖居好幾夜燈火自亮，這靈異現象還上了報，車城待不住了，就遷往楓港。移民社會的特質就是流徙。

表哥也曾移居台北十幾年，生活不好又搬回來，沒房子可住借居小廟，看來阿炭姑婆的日子也不好過。外祖父在一群女人中長大，被寵壞了，當他的子女妻子都是不幸的，就是當外孫女好！

午餐上桌，我也該走了。臨走時表哥塞給我一張紙，在歸途中打開，是一封遺書：「死後焚化，骨灰撒於故鄉附近海域。」這時忽然下起大雨，從未見過的大雨，將車子團團圍住，完全看不見前路。弟弟說：「從沒見過這麼大的雨！」莫非祖靈在哭泣！

Dear Year，告訴你這些，是要讓你明白，在父權社會，人們總是認同父系血統，那是我們顯性的姓氏，而忘記隱性的姓氏，我們身上流著複雜的血液，對我來說，父系代表物質層面，母系代表心靈層面。雖然父系這邊富裕一些，光采一些，然而母系的凋零不正是父系的掠奪嗎？

父系是臣服，母系是叛逆。那些膽敢認同母系的人都有著大叛逆的精神。如魯迅認同母系，一生同情窮人與弱者，而擁有大無畏的精神，他筆下的祝家莊，破落戶，可憐人，寫的都是母親的故鄉事故鄉人，他說：「橫眉冷對千夫指，俯首甘為孺子牛。」那是怎樣的反骨？怎樣的慈悲？

而佛陀夜逃父家，又是怎樣的大捨身大慈悲？有大捨大逆才有大慈悲！耶穌基督死在聖母瑪麗亞的懷中，愛母系的血緣也就是愛自身，愛自身就是愛母親。

歸有光愛祖母愛母親，所以能寫出至情至性之文；張愛玲愛母親愛祖母，才能成就不同於流俗的文章。

當然我不是說不要愛父系愛父親，而是我們已被過分地教導愛自己的姓氏，光大父系門楣，養成我們的勢利之眼功利之心。母系給我們愛，卻不要求回報，而我們卻要否定它疏遠它，這不是違反人性嗎？

結婚之前我認同父系，結婚後我被強迫認同夫系，那讓我痛苦割裂，母系變成我的桃花源，那是自然產生的平衡之道。雖然我的母系凋零敗盡，追溯先人的足跡，更讓我了解繁華歸盡於何處？空幻的盡頭是什麼？自我的生成就像蚌殼生成的明珠，你自以爲自足飽滿，其實是唾液和沙粒所生成。你忘了蚌與大海才是你的生命根源。

忘了要一張阿炭姑婆的照片，她長得是否細眉細眼，腰細腿壯，一哭就不能罷休呢？

男人與女人

男人與女人，該怎麼說呢？Dear Year，你現在十五歲，正從青少年慢慢地要變成男人，你會不會變成爲好男人，現在的階段很重要。而你處在叔叔伯伯堂弟眾多的男人堆中，不愁沒有仿同對象。我擔憂的是你對女人了解太少，就像我在女人堆中生長，對男人的了解很有限。這種無知讓我在愛情中吃了許多苦頭。

很多人能預先勾勒理想中的男性，我卻不能，天生地不會未雨綢繆，我的老師形容我是「不會爲了要吃果子去種樹的人」，遇到什麼便是什麼。加上父母自由放任的管教態度，小孩能夠多多地發揮潛能，在感情上卻毫無準則，我跟你父交往一個月就結婚，只有一個要求：「沒有能力勝任大家庭生活，希望寫作不受干擾。」他答應卻做不到，這個要求等於白說，因爲他根本生活在大家庭中，沒有一個人想改變。

你可以想像一個自由放任的職業婦女闖進保守的大家庭，雙方多麼爲難。他們丟給我許多女人該如何如何的觀念，幾乎沒有一樣我能做到。譬如「女人不要騎機車」，「女人不要穿牛仔褲」，「女人不必工作」等等，我才知道原來男人是這樣規定女人的，男人與女人竟是如此不同。

不工作等於沒活著，更何況我是工作狂。婚姻逼得我一步步後退，一步步妥協。但我非常不快樂，你的父親卻沉浸在幸福美夢中，因爲我們都還願意容忍。傳統婚姻利益男人，卻不斷挫傷女人。應該這樣說吧，我不是你父理想中的女人，他卻以爲是；而這世界根本不存在適合我的男人，我卻以爲有，老要去嘗試錯誤。

這之所以感情交惡之後，你父說我人格分裂。女人的內心存在著不同的自我，其中有別人期望的自己，她期望的自己，還有她眞正的自己。社會先分裂女人，型塑女人爲聖女、惡女，要不聖女，要不就是惡女。將之二元化，簡化，刻板化，女人再從社會的形塑中分裂自己，分裂令女人失去主體，失去主體的人是無法與生命宇宙平等思考的。女人只有尋求完整的主體，才懂得如何愛。

認識的男人什麼類型都有，他們各有其面目，有極大男人的，也有中性、雙性；女人也應該如是，並非刻板的同一面目。外表上我長得十分女性化，個性卻較男性化，衝動果決，一旦下定決心，非完成計畫不可。對工作極有耐心，對家事卻一點耐心也沒有。相對之下，你的父親比我細膩體貼，依賴家人。在育兒上，我較擔心你心智的成長，不放縱你的欲求。你的玩具零用錢比別人少很多，才一兩歲別人要送你東西，給你糖吃，你會很理性地說：「家有。」「媽媽說可以才可以。」那時你還不太會說話呢。我很少跟你嬉戲，只會說故事教識字訂書報；你的父親會跟你玩，寵溺你，讓你趴在他的胸膛睡覺，半夜吵鬧，抱你上街逛到天明。他比較像母親，我比較像父親。

小時候的你極漂亮，又愛哭愛撒嬌，許多人都說你像女孩，五六歲時你漸漸知道自己是男生，對大男孩或成熟男子言聽計從，會說女生如何男生如何的話，也開始會挑剔母親言行的漏洞。那時你父還是跟我們相隔兩地，我覺得你應該多與父親相處，尋找認同的對象。在美國那一年，深深覺得單親之艱辛，我的能力不足以勝任。你的幼稚園老師常提醒我不可以將你單獨放在家裡，美國人十分保護兒童，他們的好意常令我羞怒，誰說我們是單親家庭。

我與你父工作分隔兩地，事實上是單親的形態沒錯，但你父不願改變，希望我改變；我也不願改變工作形態，結果是由你改變，從跟我住變成跟他住。這就是我失去你的第一步。你跟父親的大家庭融爲一體，我卻是漸行漸遠。

因爲你是父親的獨子，祖父母的長孫，終究是要回到那個家庭。如果你是女孩，我會不計一切爭取你，因爲女孩在那個家庭會得不到重視與寵愛，失去你也不在意。只因爲你是男孩，沒有人會忽視你放棄你，這之所以我沒有極力爭取你。

沒有爭取你，並不表示不愛你。不管是男孩或女孩都是母親所生，一輩子也不會忘記母親。不管在不在一起，彼此都無法相忘。這世界上有千里尋母萬里尋母，卻沒有千里尋父萬里尋父，因爲孩子永遠是母親的，母親永遠是孩子的。

這就是爲什麼他們全家齊心合力詆毀我消滅我，他們害怕你被我搶走啊！我這麼不爭不搶，他們就放心了，也不用再對付我。他們一定會十分保護你疼愛你，讓你不再想我。如果你跟著我，天天戰火，哪有一天安寧的日子過。

你的父親是我認識的男人中最保守最父權的，他是好父親，卻是不快樂的人；而我希望你是快樂的好男人，新一代的男男女女，已能輕鬆地踰越性別，未來的人也不一定需要婚姻。人將不會只愛一次，或只爲婚姻而愛。只愛一次，只許對不許錯，因爲這樣錯誤更多。多愛幾次，在失敗中了解自己了解他人，了解男人也了解女人，這原本就不是一次就做得好的習題。

幸福的家庭都是一樣的，不幸福的家庭也是差不多，這世界上有太多破碎的家庭，你我不幸也遭逢此劫。這種痛苦只有親自遭遇才能體會。愛情的創傷來得快也去得快，家庭的不幸是一輩子的傷痛，這也將是我一輩子無法卸下的罪孽。

Dear Year，這世界上有許多跟我們一樣受苦的人，大家一樣都生活在同一個太陽下，我們不必再去擁抱陰影，讓我們堅強地爲自己而活，生命誠短促，相聚太匆匆，我們曾經擁有的溫馨美好，確實存在，那足夠我們懷念一輩子。

你與母親在一起十年，懂得女人的多愁善感，愛哭愛美，你像天使一般安慰且滿足女人的心，你也曾經如女子一般溫柔愛嬌；如今你與父親在一起，承擔許多期待許多壓力，學習做一個男人，現在的你心事重重，勇猛進取。一個是月亮，一個是太陽，構成一個完整的宇宙。那也是另一種完整吧？我如此安慰自己，希望你也能自我寬解。

男人與女人，永遠有說不盡的故事和問題，上天的設計也許不夠完美，但誰教他們要相遇，相愛？

健康與疾病

開香水瓶時沾到手指，整個夜晚那香緊隨我，側臥時香在胸前，背過身去香又貼在腦後。那不是暗香冷香，明明是欺著你來的蠻香。

我討厭香水，那不自然的香充滿霸氣，對香的忍耐度只到香皀，因肥皀的鈍味可以巧妙中和香精的銳氣。

愛也應該香到有個限度，滿園的花開了，親愛的，我卻背過身去哭泣，那盛大的香竟是盛大的痛苦。

因著別離，對你的想望更加具體，日日雕塑你的形象至完美至永恆，但我只能藏匿，不讓愛成爲壓力，只是淡淡的香氣，聞得到摸不著，相隔七生七世的芬芳。

孩子，我並未離開你，只是只是暫時不能相見。在這眾生皆病的年代，愛不但治不好我們的病，反而讓我們病得更重。你在那個 SARS 蔓延的城市掩著口罩疾走，每個人看來都像你，千萬個你。

這是一個特殊又奇妙的母親節，一早打開雅虎信箱，發現你的信，主旨是 Happy mother's day！五年多了，你第一次在這個節日記起我並爲我祝賀。十五歲的你果眞長大懂事，接受我這充滿缺陷不盡責的母親。

Dear Year，雖然如此你還是稱呼我 Eve，這個祕密的訊號，阻斷我們不想再碰觸的痛苦，它讓我們平等如朋友，只是相互關心，相互祝福。而 year 對我來說是複數的，它代表我們的別離是何等漫長的年歲，我們分別幾年，我對你的思念只有加倍延長。

你住的那個城市，已被列爲 SARS 重度感染區，被隔離的人數好幾萬，死亡人數不斷攀升。昨天一個感染 SARS 的老人死在家中十天才被發現；前天一個女遊民因 SARS 死在路邊；和平醫院已有九個醫護人員因 SARS 喪失生命，另一個住院醫師病情危急，他和你一樣是澎湖人，澎湖的學生爲他摺了無數隻紙鶴，祈禱他戰勝死神。

我幾乎是每隔一兩小時就上網追蹤 SARS 的新聞，因著錯誤的隔離措施而憤怒；因著自動上陣抗疫的英雄而感泣；因著垂死的病人而祈禱。孩子，不只是因爲那個城市有你，或我親愛的朋友，而是對死亡與疾病的痛恨與敵對。SARS讓我們成爲卡繆《瘟疫》中的死亡圍城，有人想逃出去，有人投靠宗教，有人相互猜忌敵對，有人團結一致對抗病菌。

我們自以爲文明，自以爲萬能，卻對肉眼看不見的病菌無能爲力。有人認爲這是人類破壞生態導致大自然的反撲。我認爲是大自然給與人類的嚴厲挑戰，挑戰我們的驕慢心和縱欲心，除非我們改變，否則這場病毒大戰將越演越烈。對於挑戰我們只有正面回應，當挑戰大於回應，人類淪入衰亡；當回應大於挑戰，人類得以生存。這是歷史學家湯恩比在《歷史的研究》中早就如此告訴我們。

孩子，我彷彿看見你戴著口罩，走在一群口罩族中，每個人眼中有倉皇之色，街道上的氣氛凝重，人們閃躲著彼此。大多數人不敢搭捷運，改搭公車。戴口罩的臉孔看不出美醜，只剩下一對閃爍不定的眼睛，這樣也好，不用再費心妝扮，就是棉T恤，每天勤換洗，還有人拿著噴霧消毒劑，隨時噴灑。

我的好友住在萬華大理街，附近就是危險國宅、和平醫院、仁濟醫院，我懇求她到台中避難，她說不必，不要出去就好。她已足不出戶三個禮拜，還因此寫了好幾萬字；

另一個也住萬華的朋友，不敢回家，浪居朋友家。人人都在談SARS，無心做其他事。

前幾天我班上的學生發燒送醫，學校通知我停課居家隔離。我買了消毒水和體溫計若干糧食便自行隔離，第一天的體溫三十六出頭，第二天飆到三十九點六，一時間喉嚨發緊，呼吸急促，彷彿看見自己的肺部發白。向醫生朋友求助，他說我買的九十九元體溫計是最不準的一種，只能說是玩具，他還說我神經緊張，搞不好是血壓升高云云。

雖是如此，我還是想到死的可能，這時心亂如麻，什麼事也不想做，最適合寫遺囑，但是需要交代什麼呢？在這世界上我唯一放不下的只有你，而我要告訴你的都在這些信中，如果不幸染上SARS快速死去，人們將會在我的電腦檔案夾中，看到一封又一封對你傾訴的信，寄不出的信，未完的信。在那裡一個母親坦露自己，以不可依恃的文字企圖連結被命運中斷的心靈聯繫。也許母子之間不可能存有眞正的了解，但我沒辨法制止自己寫信的動作，在這瘟疫蔓延的年代，我的文字帶著致命的悲傷跛行至你的所在，祈求以我的病痛換取你的健康。

生長在醫藥家庭中，我比一般人更少生病，更懂得保養自己。在那個物資缺乏的鄉下，我們算是豐衣足食，維他命丸、鈣片、魚肝油、表飛鳴、健素糖超量地吃。吃得一個比一個壯，連減肥都比別人困難，好像感冒都很稀有。姊妹常取笑我們的「地基」太好，連颱風都壓得住。

四十歲以前，我算是十分健康，體檢表上漂漂亮亮。好像是弄劇團時工作過量，團員一個個感冒，我也因此倒下，連咳三個月，睡眠大亂，大病小病都出來了。我知道自己心病比生理的病更重，幾年來蓄積的幽憤非一次病完不可。兩年多了，我仍在看病，對健康已失去信心。

幾乎是同時，周圍的朋友也相繼病倒，有的得了絕症，存活的日子有限。那天去探好友的病，她得卵巢癌，做化療差點心跳停止。她理了光頭，身上插管，手上抓著佛珠，體重剩三十幾公斤。從前她最喜歡穿迷你裙，芭蕾舞鞋，身材十分輕盈苗條，我常羨慕她吃不胖的體質，其實那是病相，她病了至少十年，因爲從不看醫生，發病時已是非常嚴重。

執手相看皆病，連淚都不敢流，她說現在什麼都不能吃，只想和我走一小段路，找家美美的咖啡館喝一口花茶，但我們都知道不可能。

疾病不是慢慢地來，而是趁你最得意最無警覺性時侵入，當生命正好時，疾病先死而來，憂愁令人老，疾病更令人老。生，病，老，死，後三項常是同時發生。

如果你還不覺悟，生命將以最嚴厲的姿態君臨，覺悟什麼呢？生命誠短暫，健康在一瞬。當我們身體健康時，日子過得多輕快，當你病倒時，每分每秒都十分沉重。

那些幼年生病，曾與病魔爲伍的人，反而能夠謹慎小心地面對生命，他們有的變得樂天豁達；有的總有抹不去的憂傷。疾病讓我們謙卑且慈悲，藥師菩薩大醫王顯現的法相多是孱弱的病容，彷彿擔負眾生一切的疾苦。在日本看到一尊專治婦女病痛的女神，她長得像七八十的病弱老婦，身軀傴僂，面容憔悴，我心有感悟便合十禮拜。

你年幼時患有氣喘，喘得厲害時不能躺倒，只能靠坐才能呼吸，你坐著睡，大口大口呼吸，我隨時得拿著噴霧藥劑，怕你一覺醒不過來。那時鄧麗君與林翠因氣喘猝死，令我無時不處在驚恐中。看過的醫生無數，都說台北空氣太差，過敏氣喘兒越來越多，空氣中的塵蟎會引發氣喘，家中不能有地毯絨毛玩具，於是統統撤走換掉。又說游泳可強化氣管，於是兩三歲便帶你去游泳，你學得很快，不久就可以跟我比賽。母子常在泳池中度過炎夏。那時的我們多麼親密，在新加坡度假時，我們去夜泳，泳池連接著海灘與椰林，海洋泛著銀光，彤色的天空有彩雲，夜色如醉，你潛入水中，每摸到我的腳便浮出水面，狂笑大叫「媽媽」，你彷彿又回到我肚腹中泅泳，在原始的羊水中我們再度結爲一體，那時的你六歲，我也正在盛年，生命只向我們展現美好奇異，沒有破損，完好無缺，誰來替我們記憶這永恆的一刻？爲了治你的病，才一年級就強迫你來回游十趟，那時我是如何憂心且神經質的母親。

也許每個母親都是女藥師佛，她那憂苦且慈愛的面容，是因爲憂心子女過度而變得老弱不堪，女藥師佛就是母親的化身，願爲子女承擔所有的病痛。

我的母親也是藥師佛，她喜歡爲子女調劑，每當我外出旅行時，爲我準備醫藥袋，甚至我的嫁妝中也有大醫藥箱，在我生產時從南部趕來陪在我左右。只有母親能感受憂懼子女的病痛，怪不得我見女藥師佛泫然拜倒。

在這眾生皆病的時代，我們更需要大醫王藥師佛，庇佑疾苦的眾生，安慰治療他們受傷的身心；我們的母親，那些因抗 SARS 失去生命的醫護人員，爲我們受罪的抗疫英雄，他們都是大醫王藥師佛，祂將帶領我們通過疾厄之門得到平安。

考季與非考季

此刻你正在國中學測考場上，雖然不在意你考得好不好，我終日惶惶坐立不安。母親彷彿感知我的心事，打電話來慰問。她提起當年陪我去考試，進考場前還有說有笑，一聽到鈴響，臉色大變，抱著肚子說胃絞痛。這些事我已忘記，此時聽來格外好笑。也許有母親陪考，我常有出人意表的成績。平常成績不怎麼樣，當年到屏東考屏女，師長都來勸阻，說全校第一名才考得上，一年至多考上一個，全年不歇業的母親為此不顧生意陪我坐車到屏東赴考。記得還很奢侈地坐三輪車，母親帶著黑紗扇為我搧風，她好像對女兒很有信心，也許就是這信心牽引我僥倖地一關過一關。

母親還說：「孩子會讀書，又怎麼樣？一個比一個跑得遠！」我安慰她：「那是過得好啊！如果過得不好，一輩子都黏緊緊，一輩子要你養哩！」她訕訕地說：「是啊！」我們都同時想到弟弟，卻不敢說出來。

第一次學測後沒你的音訊，寄去的信都沒有回，猜想你沒有考好，準備考第二次學測，親友紛紛問我，你考上哪個學校，我只能苦笑說：「不知道。」沒想到考試在你我之間另築一道牆。

不管考得如何，對你一直很有信心。你雖稱不上天資聰穎，卻天性達觀，學習力適應力強，你的第一次考試，是美國幼稚園入學考試，以遊戲的方式進行，每過一關貼一個貼紙，父母只能遠觀。你初到美國，毫無事先演練，居然全部過關，胸前貼了五個彩色汽球貼紙，高高興興出考場。你考得最好的是心理測驗，題目是畫自己，你的美國老師說，一般五歲的小孩畫自己都是一張沒什麼表情的大臉，你畫的卻是全身牛仔妝扮的小孩，手拿著冰淇淋，張嘴大笑，走在一條馬路上。老師解釋說你對自己和新環境充滿信心，適應環境的能力比一般人強，是個容易滿足容易快樂的孩子。沒有什麼比這個更讓人安慰，我甚至忘了問其他的智力測驗。這是一次對你我意義不尋常的考試，讓我知道，我最在意的是你快不快樂，對你來說，考試的第一義就是在遊戲中了解自己。

果然你對新環境新事物充滿好奇和興趣。你會舉手參加做蘋果派，也會用肢體語言交好多朋友，也完成一本自己的書《忍者龜大戰惡魔黨》。萬聖節時你化妝成粉紅袋鼠挨家挨戶敲門要糖果。你甚至說：「就算當乞丐也要住在美國！」那是你拔牙手術麻醉後說的話，大概是太 high 了！

美國爲什麼如此吸引你？因爲他們愛小孩，給與孩子自由且快樂的學習環境。十幾個人的小班中，各色人種都有，像個小聯合國，光老師就有五六個，教母語的義工老師好幾個。一個大教室沒有固定座位，只有老師在不同的角落教不同的科目做不同的遊戲，各憑本事吸引小朋友坐下來，小朋友可以自由遊覽，自由選擇。下午固定是戶外教學，或在附設的廚房做點心。如教到字母A，APPLE，就到蘋果園採蘋果，然後帶回來做蘋果派。這樣一年下來，教不到幾個字母，卻開心得不得了。怪不得你說就算沒錢也要住在這裡，對你來說學校就像天堂。

回到台灣進小學，你從天堂掉到地獄，我去接你放學時常看到你在走廊上被罰站，因爲你坐不住，老愛講話，自由遊走。老師的管教很嚴格，樣樣都要拿全校第一名，你原本懶散的個性變得很緊張，我更是緊張兮兮。你交白卷那天，我第一次打你。到現在我仍後悔不已，爲什麼要剝奪你的自由和快樂？台灣的教育體制就是逼和打，因這最立即見效。很快地你變成模範兒童和考試機器。你知道用好分數來取悅我們，而我們的要求不斷升高，從前十名，到前五名，前三名。

每到考前，你父親幫你複習數學自然，我幫你複習國父社會，很快地你進入前三名，作文成績更是無人能比。那其中大半是父母念出來的。自從我離開那個家，你幾乎是放棄國文和作文，成績明顯地退步，漸漸地成爲被老師冷落的學生。

我知道那是什麼滋味，中學時成績不好，還曾經補考。我越來越內向，越來越自卑，還爲不理想的成績想自殺，得過恐慌症。覺得每個人都討厭我躲避我。現在想起來眞傻，沒有一科成績記得住，考什麼內容完全沒記憶。考多少分在生命中不具什麼重要意義。人生中有許多事比這重要，如果重來一次，我會去學好一種樂器，看更多好書，交更多好友，陶冶更優美的心胸；我要更勇敢地親近好老師，幫助孤苦弱小的人們，到養老院孤兒院，獻出我那過多的熱情，培養更高遠的志向。可惜我錯過那麼美好的青春，只會計較那一兩分，只在意家人待我公不公平，好不好，還有爲什麼眼睛不大一點，鼻子高一點，腿細一點。

我明明有良師益友，卻不知親近不知學習，還好我願親近大自然，在其中優游自得，且找尋到自己；又讀了一些不算壞的書，這些影響我的生命更爲明顯重要。至於課堂上的英文、博物、歷史、地理多多少少增加生活常識，其他大多對人生無甚用處。至於數學，沒碰到好老師，不能像居禮夫人，覺得演算數學公式像寫詩一般美，那是多麼遺憾的事。好老師真的很重要，他能帶領你進入知識與生命的殿堂，我很幸運地碰到一個，那已是讀研究所了。

所以大多數的學生是不幸的，在黑暗的無知中被強迫灌輸和考試。怪不得你在網站中自我介紹，除了讀書什麼都有興趣。

如果你沒考好，請不要躲起來，不讓我知道。我沒能陪著你，照顧你，你沒變壞，還能正常生活正常作息，已讓我十分安慰。你躲起來只有讓我更內疚。

學力測驗考完仍無你的消息，寫信去亦無回音。我開始打聽你的消息。上網搜尋榜單，沒有你的名字。打到國中教務處詢問，他們不能確定我的身分，只告訴我在哪一區。我的學生在高中任教，熱心地幫我尋找，終於找到你就讀的學校。還好現在網路十分發達，很快找到你的班級，還有你個人網頁。上面記載你的個人資料，身高一七二．九，體重五九，一年多不見，你長成大人了。我離開你時，身高才一四〇多一點。還是要媽媽抱的小孩。現在你最怕見的是我吧！

就算你不想見我，我依然不放棄。我們之間一定有什麼新的誤會，猜想使我越想越糟。寫 e-mail 給你，你的語氣冷淡，又再強調不要到學校看你。不知什麼新誤會讓你不想見我，只有找你讀的高中輔導老師求助，她勸我不要急著見面，耐心等你長大懂事。爲怕影響你的心情，耐心等了又一年。

在我最灰心時，好友涵從中穿針引線，加上年紀差不多的學生在一旁鼓舞，終於見到你，爲了讓我們單獨相見，所有人避開，輔導室剩下我們兩人，我問你爲什麼不跟我聯繫，你說忘記了，怎麼會忘記，你跟老師說媽媽走了就算了，不用見面也罷！我盡量忍住眼淚，說一些輕鬆的話逗你開心，你變得自然，當然也心軟了，我緊緊地抱著你，強忍住眼淚，爲的是怕你難堪，在學校覺得丟臉。你眞的變乖變懂事了，老師問你爲什麼改變態度，你凝重地說：「我媽有病！」

孩子，我覺得罪惡極了，在你最需要我時離你而去，怪不得你會恨我不願跟我見面，這是我們之間最大的考驗，考驗分離是否能斷絕母子之情，考驗我們對彼此的忍受度，以及寬諒心，我不知道我們是否能通過一切考驗，像我這樣背逆的母親，能夠拋棄世俗的名分與保障，以及一般人嚮往的安定富足的生活，男歡女愛，家庭和樂，我全都可以放棄，只爲想做眞正的自己，但我絕無法放棄你，母子之愛讓我完全臣服，只是你我可以通過一切考驗嗎？

愛無終極

我們現在久久見一次面，偶爾傳簡訊，我總會給你買較貴的衣物，選在昂貴的餐廳用餐，剛開始你不自在，特別穿皮鞋來，你埋頭苦吃，我則盡量找話。你說你幾乎不逛百貨公司，衣鞋大多在夜市買。可以看出你穿的多是廉價的衣服，我說穿好一點，你說便宜的東西也很好，又拒拿我給你的錢。Year，住在東區最豪華的地段，你毫無奢華氣息，我卻要在你面前展示華衣美食，爲什麼？不就是爲了補償，然而補償得了嗎？匆匆相聚兩三個鐘頭，聊一些不知所以的話，食不知味，你則不自在地東張西望。每次分手時，我失魂落魄走在繁華的街頭，恨不得找一面無人的牆伏在牆上痛哭，我要的不是這樣，你要的也不是吃一頓大餐。相見讓我們想起以前的種種美好，我想再燒菜給你吃，送你上學，陪你做功課，逛街，而我們都回不去了。回不去了令我心碎，妹妹說我跟你相見如同跟情人約會一般，見面前擔心你失約，擔心車不準時，擔心穿不得體，見面後不是發呆就是痛哭。

主要是你看來太獨立，生活看來過得不好，長得太黑太瘦而沒有自信，連笑容都很少，你走路的樣子酷似愛拉小提琴的表弟，忸怩而不自在。沒母親照顧的孩子就是有那麼一點寒傖，這跟有沒有錢無關，令我想起張愛玲，相別多年，總讓母親嫌東嫌西，孩子經過別人的手就走樣了，那一半是怪自己，孩子又如何懂得。

S死後，你的態度有點轉變，還主動打電話給S的兩個孩子，你們同齡且一起長大，你也有點同情他們罷？過年前我帶你們吃大餐買新衣，S的孩子高高興興地試穿新衣，你說自己衣服很多不必買了，還不斷爲他們出主意，你的禮讓令我欣慰，是不是客氣，那未免太生疏了。

在班上你也只跟單親的孩子接近，連這也要尋求認同，有個失職的母親比失去母親強，你漸漸懂得珍惜。對S孩子的慷慨友愛，證明你是懂得愛與分享的，只是你跟他們有說有笑，跟我爲何話如此少？你現在會問候我要我注意身體，你眞的長大懂事了，當我看到你又開始寫詩，激動對著電腦螢幕流淚，你寫〈蝴蝶〉：

你隨興舞動著　我靜靜凝視
那美麗律動　感染了這個世界
麻雀的歌頌　知了的喝采　野菊的點綴　微風的伴隨
群花是最忠實的觀眾　你的親吻讓他們漲紅了臉
這舞台　只有你是主角

你舞在我面前　我深深迷戀
那神祕的黑　像極了黎明時的海
經過了一夜的沉默　微微閃著嫵媚的寶藍
又在羽翼的末端　濺起無數浪花

你輕輕振翅　到處散落名爲多情的粉末
我呆呆站在原地　獨自撿拾一地惆悵

你該歸屬於這個舞台 而不是……

我的指尖

對於我你像那隻蝶，屬於這個世界，而不是我的指間；對於你，我也只是蝶，藏身於黑暗的海洋，我們都不要自私地占有彼此。生命自有它的圖形，如果我們比別人多了一點不幸，讓它長成一朵花一隻蝶，自在飛舞，苦難也只增添它的豔麗，讓我們爲之心醉。

啊！我漸漸地接受命運，我跟外祖父與遐兒一樣瘋狂，父系賦予我沉靜的外形，母系狂暴的血液在我體內流動，這是生命的永劫回歸。以前我藏在人群中，努力做一個普通人，而生命的烙印是如此深重，它讓你現形無所遁逃，直至你被釘上十字架。生命的圖形我全部領受，如果生命已然在你身上寫詩，那麼就讓它自然形成，靜靜聆聽與領受。

再沒有好與壞、悲與喜、善與惡，一切發生皆屬必需，就連我們的分離與思念，皆是必需，無需惆悵亦無需怨尤，dear Year，如果有一天你遭到命運的惡吻，我將是你最好的避風港。不要求你成功，不要求你孝順，只要求你愛你自己，也能爲人所愛。如果你能愛更多可憐的人，捨身取義，我站在你這邊，當千夫所指，而你義無反顧，我也站在你這邊。

過往一切，如同幻夢，是誰在導演那一場又一場的夢？是人性的偏執，抑或是欲望的變形，自我的意識裡關著一個瘋子，有些人冷靜地逃開，有些人好奇地打開，禮教要我們殺死他，反叛者卻放走他，如果不放走，焉知生命之一體兩面，我已不在意了，抽離那一場場噩夢，我只願做一個觀賞者。

你也可以是觀賞者，就像凝視蝴蝶的那雙眼睛，可以深入花叢，也可以深入黑夜，但不涉入，連指間也不提供，只剩下清明地看。

當紫荊花開，我迷失在花叢中，春天來了，我漸漸要快樂開朗，前一陣子郵局前的七棵槭樹還垂掛少許紅葉，經過兩次嚴峻的寒流，它不知何時長滿一樹嫩綠，陽光是淡淡的金，風中有一絲溫暖，不熱不冷無風無雨的午後，我從書中抬起頭來，一路散步到不知時間不知方向，一切都是新的，新的春天，新的花葉，新的陽光，新的一天。讓舊有的悲傷如殘冬逝去。我對這世界的愛從未減少，就如同我對你的愛無有終極。

我曾觸及死神，深知生命的終極，人力的有限，然愛無終極，是它讓花重開，樹再綠，水長流，不能增益不能減少。Dear Year，我對你訴說這麼多，一個失職的母親卸下所有假面，對你訴說無有終極的愛，我的缺陷是你的人性功課，而你是目蓮，將下九十九層地獄，找尋你的母親，如果救不了母親，那救別人吧！愛無處不在，如果不在你我之處，那一定在他處。

如果有人貶損你，取笑你，不要畏懼世俗的眼光，因爲你是人子，是母子，應當享有人的尊嚴，母之寶愛，如果你漸漸長大成熟，那就用力地往前飛，飛出自己的斑爛色彩，而我在愛之處深駐，不必掛念我。

我的小王子，記得穿上我爲你買的衣服，驕傲地走到人前去，說：「我是母親的寶貝！」

文學叢書 087

母系銀河

作　　者	周芬伶
總 編 輯	初安民
責任編輯	高慧瑩
美術編輯	許秋山
校　　對	張清志　高慧瑩　周芬伶
發 行 人	張書銘
出　　版	INK 印刻出版有限公司 台北縣中和市中正路 800 號 13 樓之 3 電話：02-22281626 傳真：02-22281598 e-mail:ink.book@msa.hinet.net
法律顧問	漢全國際法律事務所 林春金律師
總 經 銷	成陽出版股份有限公司 訂購電話：03-3589000 訂購傳真：03-3581688 http://www.sudu.cc
郵政劃撥	19000691 成陽出版股份有限公司
印　　刷	海王印刷事業股份有限公司
出版日期	2005 年 4 月 初版

ISBN 986-7420-59-4

定價　220 元

國家圖書館出版品預行編目資料

母系銀河／周芬伶 著.－－初版，
－－臺北縣中和市：INK 印刻，
2005〔民 94〕面；　公分（文學叢書；87）

ISBN 986-7420-59-4（平裝）

855　　94003671

INK INK INK INK INK INK
INK INK INK INK INK INK INK
INK INK INK INK INK INK
INK INK INK INK INK INK INK
INK INK INK INK INK INK
INK INK INK INK INK INK INK
INK INK INK INK INK INK
INK INK INK INK INK INK INK
INK INK INK INK INK INK
INK INK INK INK INK INK INK
INK INK INK INK INK INK
INK INK INK INK INK INK INK
INK INK INK INK INK INK
INK INK INK INK INK INK INK
INK INK INK INK INK INK
INK INK INK INK INK INK INK
INK INK INK INK INK INK
INK INK INK INK INK INK INK
INK INK INK INK INK INK
INK INK INK INK INK INK INK
INK INK INK INK INK INK
INK INK INK INK INK INK INK
INK INK INK INK INK INK
INK INK INK INK INK INK INK
INK INK INK INK INK INK
INK INK INK INK INK INK INK
INK INK INK INK INK INK

INK INK INK INK INK INK
INK INK INK INK INK INK INK
INK INK INK INK INK INK
INK INK INK INK INK INK INK
INK INK INK INK INK INK
INK INK INK INK INK INK INK
INK INK INK INK INK INK
INK INK INK INK INK INK INK
INK INK INK INK INK INK
INK INK INK INK INK INK INK
INK INK INK INK INK INK
INK INK INK INK INK INK INK
INK INK INK INK INK INK
INK INK INK INK INK INK INK
INK INK INK INK INK INK
INK INK INK INK INK INK INK
INK INK INK INK INK INK
INK INK INK INK INK INK INK
INK INK INK INK INK INK
INK INK INK INK INK INK INK
INK INK INK INK INK INK
INK INK INK INK INK INK INK
INK INK INK INK INK INK
INK INK INK INK INK INK INK
INK INK INK INK INK INK
INK INK INK INK INK INK INK

INK